撈月之人

楊双子——著

獻 給 楊 若 暉

【推薦序】

記得你，以每個呼吸

曲辰（大眾文學評論者）

與若慈認識，是在我到中興念博士班以後的事情。

由於我跟她的指導老師系出同門，因此在見面了一兩次以後，她忽然俏皮的問是否以後該叫我「師叔」，從此我在我學長的指導學生間忽然就有了個奇特的、不合時宜的、像武俠小說跑龍套的特殊稱號。

老實說至今我都還是覺得怪怪的。

但這稱謂叫久了，偶爾也會倚老賣老起來，所以當若慈將《撈月之人》的書稿寄給我，希望我可以寫篇推薦文的時候，我並沒有第一時間展讀。而是拖到不能再拖的時候，才匆匆打開檔案，然後就這麼一路看到結尾，沒有停頓、毫無休歇。

其實是個很常見的故事大綱啊，看得見鬼的女孩尚彤、自稱是山神的精靈千卉，這樣的組合在日本輕小說或漫畫裡不知凡幾。而她們遭遇到的，是表姊一芳的女性密友高慧，因為山難死去一年後，重新以鬼魂的型態復行人間，尚彤得要在時限前完成鬼魂的執願，不然可能會發生什麼不能挽回的事情。

這樣的故事，太普通了。那個誰誰誰不也寫過嗎，還有最近出的那本叫做什麼的，我隨便就可以舉出數本與這情節同出一轍的小說。

等等，不對，真的是如出一轍嗎？與那些小說相比，若慈的《撈月之人》一定有著什麼，才會讓我毫不猶豫的一口氣看到最後吧？

但問題是，那個「什麼」是什麼？

要回答這個問題，或許可以先從推理小說談起。雖然隱微，但這本小說是按照推理小說的公式在發展的。

而推理小說的本質，事實上就是在「贖回時間」，每本推理小說的開頭，都在事件結束之後，而每個偵探的工作，就是在靠著事後的探查、敲打線索，來重新找到那些過去時間的軌跡。

偵探付出心力，以贖回那些早已逝去的時間，只是值得注意的是，贖回的時間無法喚回逝者，只能召喚那些時間軌跡碎片拼湊成的幽靈，讓逝者正式以幽靈的姿態，與現世道別。

這麼一想，小說中的高慧忽然現形，也就饒負深意了起來，是否正因為沒有人好好正視她生前留下的那些痕跡，因此不待召喚而自行賦型，只為了能夠重新與世界告別。這麼說來，不管一芳，或是尚彤，倒是比許多推理小說裡的角色幸運多了，她們還得以看到高慧，與她重新、認真的，再道別一次。

這或許也是若慈想做的吧。

還記得前面我提到的她稱我為師叔的事情嗎？由於時間久遠，我不太確定到底是她，還是她的雙胞胎妹妹若暉開始叫的。

是的，若慈有個雙胞胎妹妹，而在去年，因病而離開了我們。

我並無意要試圖將她們姊妹的身影套入小說中，那樣不管對作者、或者對小說本身，都太失禮了。但我卻很難不想著，當若慈看到小說中的一芳可以再面對高慧一次，再一次搞清楚她的心思、她的期待、她的願望的時候，身為作者的她，會不會居然羨慕起了自己的角色呢？

所以回到那個問題，《撈月之人》究竟多了什麼，讓我無法停止閱讀？

我的回答會是，因為這是一本真真切切的悼亡之書，因為悼亡，所以這本的哀傷與痛苦都有了更為溫柔的力量，儘管哀傷、儘管痛苦，但人就是帶著這些哀傷與痛苦走下去的，讀著這樣文字的我們，也因此得以面對自己生命中的缺憾。

不要誤會了，悼亡不是耽溺於某個人的死亡，而是你意識到某個曾經與你分享著生命的人，忽然就消失了，而你會用你餘生的時間，記得她，作為她曾經行過這個人間的最後一個、也是最堅決的見證者。

張愛玲曾經用「因為懂得，所以慈悲」作為已逝愛情的註腳，在我看來，《撈月之人》所差無幾。

春捲（《莉莉安可百合誌》總編、百合文化資深小園丁）

【推薦序】這不叫百合，什麼才叫百合？

一直以來，我都覺得文字是通往大千世界的道路，說出來的話語具有力量，寫在紙上的也是。以筆為劍可以書青史，也可以織寫出一個又一個動人心弦的故事。

楊双子就是位箇中翹楚，從以前的同人創作、動漫分析，到現在原創，一直帶給我各種驚喜與感動。

請恕我用一位作為單位，因為我覺得，無論是姊姊或是妹妹，無論是留下之人或是逝去之人，其實都是密不可分的，儘管有生就有滅，但是精神永遠會在。

百合創作其實並不好掌握，多一分過於煽情，少一分又失了味道。但是《撈月之人》拿捏的剛剛好，那種淡淡的揪心感，伴隨著甜蜜跟憂傷，這不叫百合的話，什麼叫百合呢？

如同作者在文中一次次述說的：「對活著的人來說，接受事實是唯一的路。」

所以我接受了這本書在我感動得亂七八糟、坐在客運上不管旁邊乘客的異樣眼光，一直拿袖口擦著眼淚的時候就劃下句點了；因為我知道，在不遠的將來，第二篇很快就會降落人間了吧。

双子，別讓我們等太久喔！

【推薦詞】

透著日本時代及台灣民俗氣味，在中部鄉野展開一幅聊齋繪卷，獨具一格的台灣元素，人鬼妖交織出淡雅的百合，令人聯想起今市子的筆觸。

簡莉穎（劇作家）

【推薦詞】

水中撈月，似幻似真。女孩間的感情，以及神（鬼）和人的相依相存，外人覺得模糊費解，卻是她們獨一無二的世界與真實。

廢死 Faith（華文百合同人界知名作家）

【推薦詞】

女女世界的百合聊齋，透過輕文學風格探討生死的一部奇譚。

董芃妤 Paris Tung（輕小說譯者與百合文化推廣人）

【推薦詞】

有點懸疑又加上台灣民間鬼怪元素的百合作品。令人驚豔！

王佩廸（《動漫社會學：別說得好像還有救》主編）

【推薦詞】

萬事的發生絕非偶然，一語道盡人類在三度空間的無奈。更高次元的融通合一，是人類離苦得樂的不二法門。

李芯薇（靈性脈輪禪繞中心的創辦人）

分不清那是不是夢境。

六月將盡的時候，那個夜裡的細雨像是櫻花飄落，倘若駐足不去，或許就會被落花所淹沒。

她凝望著那個站在落花中的女人，而女人對她露出淺淺的微笑，轉身之際就消失了。

壹、水中之月

「……想對我說什麼嗎？」

話說出口的同時，尚彤就完全地清醒過來了。

夢境裡瞇著眼睛露出微笑的女人，看起來好像快被櫻花淹沒了。可是，儘管因為雨幕而面目模糊，並且闊別一年沒有見面，也絕對不會錯認。

為什麼直到現在還夢見那個人呢？

這個念頭從腦海掠過的瞬間，尚彤鼻頭酸楚，眼角濕潤。

今天是七月一日。

就讀聖心女子中學高中部一年三班，這是尚彤進入高中以來的第一個暑假，還是暑假的第一天。作為揭開美好長假的序幕來說，未免太悲慘。

「嗯……雖然妳這麼問，可是人家什麼都還沒說喔……」

軟綿綿的甜美聲音從上方降臨。

尚彤扭曲著眉毛張開眼睛，看見一雙腳站在自己的胸腹之上。

那是一雙白皙的腳。線條優美的腳踝，再上去是小腿，膝蓋處有青藍色裙襬飄動。

美麗的女孩眼睛含笑，偏著頭俯視尚彤。

——這個時候應該做什麼反應才好呢？

尚彤立時直起身軀，伸手將夏季涼被連帶美女妖怪一起掀到床下去。

「還以為發生什麼事，結果是鬼壓床！」

美女妖怪穿透涼被，輕飄飄地落坐在尚彤的腳邊，嘟起嘴巴。

「小彤妳太失禮了吧，人家完·全·沒有想到會受到這種待遇喔！」

「我才是呢，拜託饒了我吧……」

就像火山爆發後迅速失去能量，尚彤全身無力地發出了呻吟。

宛如親密摯友來串門子，趁房間主人還沒起床就來此靜靜等候，聽起來有點可愛對吧？

更別說這樣一靠近，清冽的桂花香氣幽然襲來，教人心頭怦然。

可是那只不過是妖怪的迷障罷了。

女孩有著靈秀美麗的臉蛋，含笑的眼睛如玉石一樣溫潤動人，可是她的身影近乎透明，甚至可以讓人穿透她看見房間牆面的山茶花壁繪。床鋪上兩人相觸的腳趾頭，傳遞過來的是屍體一樣冰冷的溫度。

冰冷腳趾頭的主人名叫千卉。

說起千卉，回想起來都是些令人太陽穴青筋直跳的事情。

以甜美的聲音慫恿八歲小孩拆除自行車的輔助輪，結局是連人帶鬼摔到水圳裡。話語擁有蠱惑人心的魔力，讓人九歲時便在無人山林裡徹夜留連，換來人生首次的嚴峻痛責和禁足。

十歲、十一歲、十二歲……要是一一舉例，絕對可以講到暑假結束。

即使拍胸脯保證會做到的事情，下一秒就毫無愧色地丟棄誓言，這種事情也不計其數。

——話說回來，千卉身上穿著的是尚彤國中時代的學生制服，這又是什麼差勁的玩笑？

光是想像就讓人笑不出來。

一定是尚彤扭曲的臉色太難看了，千卉從嘟嘴轉而氣呼呼地鼓起了雙頰。

「無論是表情，還是打招呼的用語，妳都表現得很失禮！」

「那當然，因為我不歡迎妳，而且超想在妳臉上狠狠打兩拳！」尚彤將千卉氣呼呼投來的言語直球用同等的力道還擊回去。

「討厭！」

赤裸的腳沉入床鋪裡面，千卉柔若無骨的身子湊向尚彤。

在那雙透明的手臂環住自己的肩膀以前，尚彤從床頭櫃抓來隨身項鍊戴上，順利讓對方撲空。

千卉抱怨著，「太小器了——」而尚彤回以鼻子發出的噴氣聲，筆直走向窗檯將百葉窗收捲起來，一口氣拉開窗戶，讓七月的陽光與清風湧入室內。

「神啊，雖然有個討厭的早晨，但拜託給我美好的一天。」

「說什麼傻話，想要求神拜佛，妳眼前就有一個喔。」

輕巧地說出這樣的話來、漾著滿臉笑容的千卉，在人類的觀點來說，據說是山神。到底什麼是山神，山神又是怎麼出現的啊，就算這樣問，千卉也沒有辦法回答，還會反過來問說，「那妳知道什麼是人類，人類又是怎麼出現的嗎？」

要吐槽的話就太累了。

「這只是一種習慣說法，因為人類必須懷抱希望與理想才能活下去。」

尚彤冷淡回應，不忘打開衣櫃換下睡衣。

在此同時，千卉不知為何開始隨著最慢速轉動的風扇影子，不斷地在尚彤的身軀上穿越過來、穿越過去。

若是不戴著隨身項鍊，就會被各種奇怪的東西纏住。即使戴著項鍊，面對特殊情況仍然無法避免騷擾。所謂的神，並非善解人意又靈光機敏，而是有時讓人分不清是妖怪還是鬼的高級靈體。如果不想慘澹地度過一生，那麼就只有樂觀的懷抱希望了啊。

就讀聖心女子中學高中部一年級三班，即將升上二年級，全名林尚彤，無論智商或體能，所有一切都在平均值以內，體型中等，外表中等，連半長髮也因為私校髮禁的關係跟大部分人看起來差不多，專長是邊看電視邊玩電腦邊讀書，簡單說就是不上不下的普通人。

——神啊，祢應該讓我徹頭徹尾當個普通人！

即使親身體認沒有神可以實現願望，尚彤還是忍不住這樣祈禱。

騷擾者並不是跟蹤狂或暴露狂，而是比那還要高上好幾個等級的東西，所以壓力也要加乘好幾倍。對一個十六歲的普通少女來說，真是不堪負荷的重擔。

「具體來說是怎麼樣？」

「什麼東西怎麼樣？」

「人類的希望與理想。」

千卉把美麗的笑臉迎上來，幾乎碰到尚彤的鼻尖。

「在人家不知道的時候，可愛的小女孩已經對現實產生執念了嗎？」

「無論執念還是欲望，都是人類生來就具有的。也就是說，千卉心目中那個天真無邪的小女孩打從一開始就不存在。」

尚彤一心二用，衣櫃裡挑挑選選以後穿上貼身內衣，然後是衣服和短褲，態度散漫得像是隨口敷衍。

「理想是考上好的大學，希望除了對現實有幫助的事情以外都不要煩我。我就是這樣充滿執念的凡夫俗子。」

「好大的口氣，在我面前說這種話不覺得害羞嗎？」

「不覺得。」

如果要歸類的話，神啊佛的，鬼還是妖怪都是歸類到虛幻的層面，而執念是在現實中才產生作用的。想要好好度過人生的話，最好漠視千卉這種東西。

唧……唧唧……

「那是蟬嗎？」

「聽也知道不是吧。」

「妳要是不認真應接人家，下場會很慘喔！」

「是喔。」

尚彤沒當一回事，走去關閉發出聲響的手機鬧鐘。

暑期輔導還沒有開始，調鬧鐘是答應了要好的同學一起學游泳。

從暑假的第一天起，每個星期五天，總共二十個小時的游泳課程，預計在七月結束，隨後銜接八月的暑期輔導。或許還不至於是值得稱讚的事情，可是安排縝密，符合尚彤一板一眼的生活原則。

正因為服膺這種生活原則已經數年，尚彤才會對逸離常軌的妖怪世界深惡痛絕。

「啊，真是的，暑假第一天發生這種事，也太悲慘了吧！」

這樣的感嘆擅自從嘴裡跑出來。

然而明明是感嘆，尚彤卻感覺心口有把火越燒越旺，終於忍不住轉頭狠狠瞪視千卉。

千卉卻是滿臉笑容，綠色的眼睛裡閃動水光。

「哎——呀——這麼說起來，小彤剛才是哭了嗎？」

「……」

「小彤是想人家了吧？」

「才沒有。」

「那麼是被噩夢嚇哭了？呵呵！」明明無法碰觸到，卻照樣伸出手指輕輕點著尚彤的臉頰，千卉壞心眼地笑起來，以加倍甜美的聲音說著，「沒關係，有人家保護妳呀！」

尚形的心頭火瞬間閃燃，轉化為從丹田發出的具象聲響：

「妳給我滾！」

那個，該怎麼說才好呢？大概很接近「電光石火」這種感覺吧，腦中忽然閃過平時根本不存在的念頭。

尚形現在就是這種情況。

忘記在什麼時候得知這種事情，不過它卻擅自電光石火般的浮現在腦海之中。

——「偶然」是指一件事物內在沒有必然存在的理由，「必然」是指外在各種條件使它一定出現。

這樣說來，就已經發生的層面來看，宇宙萬物都是「必然」的；但沒有一件事物本身可以保障自己的存在，而是被外在種種條件所決定的，因此又可說宇宙萬物都是「偶然」。

扯遠一點的話，因為種種條件到齊而出現，有生就有滅，無法自持存在，這種說法也有點像佛學所稱的「緣起性空」。

真是抱歉，扯得太遠了，對吧？

尚彤並不是哲學家，也不是神祕學的愛好者，只是驚愕於早晨清夢以來的悲慘境遇竟然還沒有終止罷了。

「出差！傍晚的飛機！」

連尚彤都被自己忽然拔高的聲音嚇到。

不過，正常人聽到這個消息都會失聲吧。

從外頭回來，剛剛踏入家門前庭院，看見爸爸正在幫媽媽把行李箱放進汽車的後車廂，媽媽便走過來輕鬆寫意地說著，「回來得正好，差點就要錯過了呢！」彷彿要去市區喝下午茶，一問之下卻是打算趕赴國外出差的飛機，地點是日本長野縣。

「要去十天左右，工作來得這樣匆促，衣服只好到那邊再買了。」

「十天也太久了吧？」

「別擔心，會帶土產回來喔。彤彤覺得要買東京芭娜娜，還是薯條三兄弟比較好？」

與其說媽媽無論何時都是姿態優雅的貴婦，不如說是個神經大條的天兵。尚彤有時不免心想我一定是這個女人從哪裡撿來的吧，然而血緣關係卻鐵證如山。

這個家裡，只有尚彤和媽媽有靈媒體質。

也因此，電光石火閃現的瞬間，尚彤就知道了。

條件到齊，事情就會發生。

……話雖如此，不過什麼事情都還沒發生，尚彤只是有了討厭的預感。

昨夜作了奇怪的夢。

一早起床，千卉突然來訪。

上午的游泳課，教練要求她取下隨身項鍊，以為會遭受路邊好兄弟的熱情糾纏，可是那兩個常駐在游泳池的搗蛋少年卻蹲踞游泳池底、眼神空洞地看著她，沒有任何冒犯。

結束游泳課回到家，爸媽說要出差。

每一件事情都很普通，看似找不到關連性……真的是這樣嗎？

「供奉的刀出了問題，為什麼不直接送過來？」

「重要的供奉期間，不能讓寶物離開寺廟呀。」

媽媽沒有感受到尚彤的壞預感，口吻聽起來輕鬆愉快。

已經鑽入汽車裡面的爸爸，表情也像是要出遊一樣，從打開通風的窗戶流瀉出來的流行音樂充滿節奏感。

「居然還是謝〇燕的舞曲！」

尚彤勃然大怒，嚇得爸爸全速把車窗關上。

媽媽倒是發出輕笑聲。

「對了，寺廟住持提供的住所是有名的溫泉旅館，也算因禍得福呢！」

「不是這樣說的吧，讓十六歲的女兒單獨看家，沒有違法嗎？」

「可是，剛好千卉來了不是嗎？」

「……為什麼會是這種安心的口氣啦？」

尚彤忍不住發出怨言。

跟來歷不明的妖怪住在一起，可能比獨自看家更糟。

「千卉在家的話，就算出現一些奇怪的牛鬼蛇神，彤彤一定也會毫髮無傷，所以沒有什麼好擔心的，不是嗎？」

媽媽的聲音溫柔堅定，聽起來似乎很有道理的樣子。

可是，如果來的不是牛鬼蛇神而是強盜或小偷，那該怎麼辦？

「媽媽應該更有身為別人媽媽的自覺才對，如果是其他同學的媽媽，絕對不可能讓女兒獨自過夜的。」

「可是，我們家是我們家啊！」

媽媽一句話堵住了尚彤。

擁有乾元鑄劍傳人之名，爸爸是現今罕見的手工兵器藝術師。刀劍的藝術價值究竟如何尚彤不太清楚，可是刀劍同時作為某些宗教儀式的法器，因此除了收藏家以外，佛寺、宮廟也成為客源之一。至於媽媽，既是乾元劍藝館的營運負責人，也自稱是業餘靈媒。簡單說起來也就是個普通的、既麻煩又作息異於常人的雙薪家庭，唯獨那個「業餘靈媒」的頭銜令人不滿。

是可以坦率接受妖怪世界才開始執業，還是執業的緣故而見怪不怪呢？總而言之，爸媽視妖異事物為理所當然的態度，跟業餘靈媒的這個工作，二者之間肯定是一種惡性循環。

尚彤自認也在這種情況下，遺傳了奇怪血緣和悲慘命運。

年紀更小一點的時候，經常有客人深夜造訪。爸媽並不設宴，而是領著客人穿越日本厝和天井，進入與鍛造場相鄰的工作室，無聲而制式的行動看起來像某種儀式。

那通常是尚彤已經睡著的時間。如果剛好醒來，可以從二樓房間的窗戶看見穿越天井的爸媽和客人。有幾次窺視會被客人覺察，從而意外地視線交會，客人幽深的目光和臉上浮起來的微笑都讓年幼的尚彤喉嚨發乾，心跳加快。

另外，年幼的尚彤也有過一早起床，結果發現有陌生女孩跟自己躺在同一張床上，後來連續發燒兩個星期的惡劣經驗。

原本不過是手工藝夫妻檔創作者，偏要加入「靈媒」這個元素，才會發生了許多事情——不管是深夜訪客，還是跟自己睡同一張床的女孩——後來才知道他們都不是人類。尚彤既然生在這個家裡，除了無奈接受還能怎麼辦呢？

——當心裡覺得有什麼事情要發生了，那麼就算發生任何事情都不奇怪。

尚彤喃喃地說著：「我就是背負著這種悲慘的命運。」

即使自怨自艾也沒有用。以滿臉笑容說「不然土產帶巧克力洋芋片好了」的爸媽，在暑假的第一天下午兩點，像是要去蜜月旅行一樣揮別了獨生女。

尚彤直奔二樓。

果然——

千卉很愜意地在房間正中央，隨著最慢速轉動的風扇影子來回翩飛。

繞著電風扇旋轉這件事本身並不有趣，為什麼會露出那麼愉快的表情呢？

「一定有什麼陰謀吧！」

尚彤一拳捶在桌面上。

「我早上得罪妳，所以給我懲罰，對吧？」

「什麼？」

突如其來的喝問太有氣勢，連千卉也被嚇一跳，停下來以後偏頭露出困惑的表情。

那個表情看起來非常無辜而且純真可愛，眼睛也明亮清澈。比起林○玲或宅○女神，更像是小貓小狗般圓滾滾亮晶晶的那雙眼睛，搭配獸耳或尾巴，或許成為動畫裡的萌角色也不一定。可是千卉這種妖怪，還是出現在《聊齋誌異》那種三百年前的作品裡面就好了。

仔細一看，不知道基於什麼理由，千卉穿著跟尚彤外出時一模一樣的鵝黃色細肩帶背心和牛仔短褲。搭配那張比電影明星還要姣好的臉蛋，渾身上下散發光彩。

「裝傻也沒用，害我必須一個人看家，也是在捉弄我吧？可是做到這種地步的話，千卉妳的水準不就跟小學男生一樣了嗎？」

「說什麼傻話，人家才沒有做什麼事情呢。」

「不是妳？怎麼可能？」

「小彤的性格變得好惡劣喔，真是令人傷心。不久之前明明是個所有事情都會相信的天真孩子呀！」

「千卉的能力應該是能夠做到的吧？譬如說讓遠方的什麼東西毀損。」

尚彤理直氣壯，對方卻噗嗤地笑了出來。

「真是傻瓜，沒有那種事情。」

千卉面帶微笑地繞到尚彤身邊，儘管根本碰觸不到，卻還是以白皙到近乎透明的手指撫摸著她的臉蛋。

「小彤有什麼壞預感嗎？可是現在著急也沒有用的。」

「……所以說，雖然跟妳無關，還是會發生什麼事情。」

「呵呵！」

說著「小形果然還是很可愛」的千卉，口氣聽起來像是喝醉酒的中年男人一樣。下一刻，她卻用同樣的表情說出很嚴肅的話語。

「每件事情啊，都是環環相扣、一個一個不間斷在發生的，就算是壞的結果，也會成為下個事件的開始，如此不停循環，才有今天這個當下的喔。」

「妖怪不要咬文嚼字啦！」尚彤根本不領情，「啊，現在回想起來，這種討厭的預感，都是在跟妖怪幽靈之類發生關連的時候才出現的。」

碎碎唸著「太可惡了」的尚彤瞪著千卉，希望能夠將「都是妳害的」這樣的心情傳達過去。

最近的一次是四年前，也就是十二歲，升上國中那一年的事情，時間上來說有點久遠，不小心就會遺忘。可是，討厭的感受深刻地留在心中，沒有辦法輕易抹除。

尚彤的惡劣情緒一點也沒有感染千卉，相反的，千卉的笑意更深了。

「過去、現在、未來都是在為了某件事情的發動做準備，也同時是在發生某件事情，所以呢，放輕鬆就好了，而且小彤一點也不怕鬼呀。」

「說什麼不怕鬼，根本只是不怕妳而已。」

「那當然，人家不是鬼而是神呀……」

「騙鬼去吧！」

叩叩叩叩——

尚彤猛地轉向異響處，差點扭到脖子，隨即意識到那是有人敲門。

爸媽已經出門，家裡沒有其他人，二樓房間在意想不到的時候響起敲門聲，因此受到驚嚇而看起來很呆也是正常的，可是千卉似笑非笑的表情，好像把人當成蠢蛋。

討厭鬼！

尚彤掉頭去開門，卻聽見身後的千卉發出嫌惡的聲音。

「……啊。」

房門外，臉上露出和煦微笑的是堂哥林尚楹。

「聽說彤彤妳要一個人看家，我帶了甜點放在冰箱，妳可以當下午茶點心。」

溫柔說出這種話的尚楹哥哥，簡直是報佳音的天使。

年長尚彤十歲的尚楹哥哥，因為擁有相同的靈媒體質，在各方面都給予尚彤強而有力的幫助，而且直到大學畢業為止，進出尚彤家都有如走動自家廚房，很清楚備份鑰匙收藏何處。

即使遭逢異境，尚楹哥哥也可以慢條斯理的微笑說話，始終維持衣著整潔筆挺，是強大而令人心安的人。不過，據說是源於氣味的緣故，千卉最討厭的人就是尚楹哥哥。

尚彤轉頭過去，房間內已經沒有千卉的身影。

「不管來過多少次，這個家還是讓人覺得很奇妙。」

尚楹哥哥進了房間就閉起眼睛，好像在享受森林裡的芬多精。

「見證了許多階段的歷史，所以被許多祖先的靈魂所看顧著吧，一點污穢之氣也沒有。」

「尚楹哥哥很久沒來了，才會又有這種感覺吧。」

「或許是這樣沒錯，久久看一次，不小心就會被悠久的歷史嚇到。那些老人家常說，該給祖厝刻一座紀念碑嘛。」

「我們家可不是宮廟啊。」

「呵呵，說的也是。」

尚楹哥哥選擇窗戶邊的椅子坐了下來。

尚彤的臥室跟書房是分開的，而臥室裡除了床鋪、衣櫃和穿衣鏡以外，只有那張椅子可以坐。年少的尚楹哥哥會坐在床上，但尚彤忘記從什麼時候開始他就不再這麼做了。

尚彤跟媽媽提起這件事，從旁聽見的爸爸插嘴說，「因為血緣遠得可以結婚吧，尚楹那個孩子很識大體。」儘管口頭上把尚楹哥哥稱作堂哥，不過有所關連之處似乎是高祖父的父親是同一個人，算不清是幾等親了。

林家是個血脈深遠的家族。

十七世紀末越洋來到台灣的九牧林家，先人在台中落腳以後開枝散葉，如今是盤根錯節的宗族。尚彤和尚楹哥哥家這支血脈排不上林氏宗祠成員的顯赫之列，不過尚彤爸爸繼承的這棟大厝，以及尚楹哥哥父親繼承的宮廟厝，都是年代久遠又充滿故事。

位在太平的矮山腰，家族眾人口稱為「祖厝」的大房子，最初是一進一院的閩南式四合院建築，日本時代一場火災燒毀了門樓與右護龍，隨後取而代之興建起來的是木造雙層樓的日本建築，直到近年才又加蓋一棟鋼筋水泥新式建築的三層樓透天厝。

更細的說，鋼筋水泥透天厝加蓋在坐北朝南的面向道路之處，代替原先祖厝的門樓，與閩南式建築的正身、護龍，以及代替左翼而建的日本厝，圍成不均衡的新型態四合院……其實，透天厝和日本厝的佔地，都與祖厝的正身、護龍大小相當，或許已經完全不能叫做四合院了。

對建築格局不感興趣的人，這些細節可以全數省略，簡單一句話形容，就是像迷宮一樣。

閩南祖厝、日本厝、透天厝三個主建築跨越三個年代，除了常有老人來此回味家族故事，實際上沒有任何好處。以一家三口來說太過寬敞，清潔維護並不方便，不需要紀念碑也能從外觀看出老舊的程度，要經過多次修建，如今的祖厝才擁有免治馬桶和掃地機這種先進的現代化產物。比起感謝祖先，務實層面更應該感謝現代科技。

說到底，東拼西湊的尚彤家，既無法像同學一樣輕鬆地說著「我家是三房兩廳的公寓」，也無法跟尚楹哥哥家相提並論，給人一種不上不下的鬱悶感。

尚楹哥哥家卻是一則傳奇。

首先那是因為林家久遠的歷史裡，一度是收容媽祖隱身民間的家族。

大正時代的日本政府在台中推動都市改正計畫，斷然拆毀百年媽祖宮，林家先人將媽祖視為血親，口頭稱呼祖姑婆，所以那時悄悄地請回神尊，各家輪流安放直到日本戰敗。在國民政府時代經過一番努力，終於順利在原址重建媽祖宮，將祖姑婆的神尊請回原地延續香火，真是可喜可賀。

這個故事有頭有尾，尚彤小時候還以為這是家人編造的床前童話呢！

尚楹哥哥一家所住的，就是家族當年為了安置媽祖神尊而打造閩南式廟宇建築，儘管沒有神尊與香火，仍然保留原本格局，因此家族內都叫作「宮廟厝」，歷史足足有一百年。

至於拼裝版的尚彤家，唯一的驕傲只有位在太平卻沒有遭到九二一大地震所毀——簡直是神蹟這件事而已。

「可是，要有緣分才能夠誕生在這個家。」尚楹哥哥忽然這麼說道，「跟叔叔一樣，以後會繼承這棟房子的妳，也是萬中選一的人。」

「說什麼萬中選一的人，如果有這種好事就好了，我是萬中選一的倒楣鬼吧。」

聽見尚彤這樣說，尚楹哥哥笑了起來。

「也對，現在說這些還太早。現在的彤彤只要做想做的事情，隨心所欲的生活就好了。」

既然使用「現在的彤彤」這樣的詞彙，也就是說會有無法隨心所欲的「未來的彤彤」。尚彤心想，比起所謂萬中選一之人的、不小心就會碰觸到奇怪世界的那種未來，目光放在使所有人都一起光芒黯淡的現實社會還比較好。

是不是因為注意到尚彤的表情呢？尚楹哥哥微笑了一下。

「妳還是這麼討厭這種事情，其實這並不是什麼令人不愉快的命運呢。」

「可是跟妖怪扯上關係一點好處也沒有，全部都是一些讓人費心又徒勞的討厭經驗。」

「這個世界上沒有徒勞無功的事情，要是可以讓妳明白這一點就好了。」

「話說在前面，我不是故意跟尚楹哥哥唱反調，可是這個世界上也有鏡中摘花、水中撈月這種成語不是嗎？阿公以前也說過，那個世界是鏡花水月啊。」

「呵，鏡花水月是嗎？」

尚楹哥哥笑著搖搖頭，伸手從公事包裡面拿了一本書出來。

「聊起來就差點要忘了，其實我是來歸還這個的。」

尚形接手過來一看，書本相當老舊，以樸素的暗藍色書皮包裹著，泛黃的內頁紙上是工整的手寫字體。

「這……」

「是伯公的筆記本，我上次匆匆借走，今天專程送回來。」

尚楹哥哥口中的伯公，也就是尚形的阿公。

「裡面有妳的東西喔！」

尚楹哥哥笑著翻動尚形手上的筆記本。

翻到某一頁的時候，出現了一張比筆記本小一點、大概與漫畫差不多大小的白紙。

「是妳的吧？上面寫著『贈予彤彤，高慧』。」

「……嗯。」

「日期是六年前。妳該不會是從六年前藏在這裡面，最後忘記了吧？」

尚形面露苦笑。

六年前是小學四年級，當初基於什麼心態把這張紙藏在阿公的筆記本裡，已經想不太起來了。

翻到正面，是線條簡單的鉛筆素描畫。一個人在井中攀著藤蔓，井外有一頭大象，井底是四條蛇，兩隻老鼠正在啃嚙藤蔓。人仰著頭，接住頭上一隻蜜蜂滴下來的蜂蜜。

高慧——

尚彤總是稱呼她為高慧姊。五官深邃、體格高挑，看起來就像西洋混血的模特兒。儘管是外型搶眼的大姊姊，又有背起行囊隨時遠行的豪邁性格，笑起來卻令人如沐春風。

高慧姊俯案畫圖的表情專注，散發出細膩與沉靜的氣息。向前索求的時候，高慧姊笑著說，「如果是彤彤的話，也許看得懂。」然後將素描本上的這張紙撕下來送給了她。

尚彤心想，已經多久沒有聽到高慧姊的消息了呢？

又是為什麼，會在今天拿到這紙圖畫？

「這個是《譬喻經》裡的故事，禪宗公案裡面也有類似的，但不是大象而是老虎，數量上也不太一樣。這張圖濃縮了一個故事在裡面，把大象比作人生無常，毒蛇是環境險惡，老鼠是白天黑夜，蜂蜜是五欲。透過譬喻讓人親近與理解佛法，應該說非常平易近人的做法吧。滿有趣的，對吧？」

想必是誤解尚彤表情困惑的來源，尚楹哥哥自動切換到文史導覽人員的模式去了。畢竟他不但住在宮廟厝，又是媽祖宮管理委員會的核心成員，一抓到機會就滔滔不絕的說起來。

「人生無常，生死逼迫，在已經維繫得很困難的人生中，這個人卻還是只顧著貪戀眼前的蜂蜜，而沒有意識到自己的險境，所以必須要趕快透過佛法來得到解脫。嗯，普遍的說法大概是這樣，可是大家都能有自己的解讀。」

「……不知道高慧姊是怎麼看的？」

「的確不曉得，不過高慧姊很有佛緣，連帶這張圖也畫得很好。」

尚楹哥哥沉吟以後補充一句，「這就是畫家在作品中注入了自己靈魂吧。」

話雖如此，可是高慧姊並不是畫家。國立大學管理學院出身的高慧姊，學生時代就熱切地投入工作，畢業後以個人名義從事骨董買賣，一年到頭都在旅行，繪畫完全是業餘興趣。

經過了六年，這張紙卻因為夾在書頁裡而保存良好。尚彤注視著看起來還相當嶄新的鉛筆素描，忽然心有所感。

「貪戀著蜂蜜也沒有不好。」

「妳是說人生？」

「是啊，危機不是我們可以解除的，所以放不開五欲、貪戀著眼前的快樂並沒有錯。」

「妳用的是肯定句喔。」

「我不可以這樣看這張圖嗎？」

「本來就沒有正確答案，因此這個答案絕對不是錯誤的。不過，我覺得太關注物質世界的話，妳會受傷的。」

「什麼意思？」

「嗯，該怎麼說才好呢……」

尚楹哥哥露出為難的表情，或許這是個不好回答的深奧問題。

「那個、尚楹哥哥。」尚彤直接轉移話題，「我們是要一起吃晚餐吧？晚上我來做個三明治怎麼樣？」

「晚餐啊，說的也是。可是很抱歉，我晚一點就得走了。」

「咦？為什麼？」

「來這裡的路上接到了嬸嬸的電話，請我過來陪妳幾天，可是我早就定好行程要去湄洲島半個月。」

確實，剛才尚楹哥哥說了是專程前來歸還筆記本的。

……這個時候感覺到「真巧」，似乎有點糟糕。

暑假第一天下午三點鐘，再次在透天厝門口揮別了親人。

尚彤直奔二樓。

千卉在走廊正中央，七月的陽光照耀在她美麗的笑臉上。

她以纖細白皙的手指將鬢髮撫到耳後，有如佛祖拈花微笑。

「真的不是我喔。」

騙鬼去吧！

「好雨知時節，當春乃發生。
隨風潛入夜，潤物細無聲。」

月亮圓了一半。

比較亮的幾顆星星錯落在夜空裡面。

塑膠野餐墊鋪在四合院天井，躺下來就會感覺整個夜空都是屬於自己的。

尚形心想，這大概就是所謂的逃避現實。儘管懷抱著這樣的想法，還是默唸完〈春夜喜雨〉的後半兩句。

「野徑雲俱黑，江船火獨明。
曉看紅濕處，花重錦官城。」

真是一首色彩飽滿，相當璀璨的詩啊！

然而，她所要逃避的是千卉糾纏自己的現實——千卉能夠稱為現實嗎？

字典裡面「現實」的解釋是：目前實際上所存在的。

換句話說，現在身臨的一切都可以說是現實。不過，千卉是僅限於尚形這樣的人才能認定實際上存在的存在。根據這個邏輯，千卉雖然不是其他人的現實，卻是尚彤的現實。

……好像陷入奇怪的文字遊戲裡面了。

整個下午，尚彤對千卉實施徹底的漠視主義，把漫畫、小說、參考書和筆記型電腦搬到一樓客廳，同時收看台灣偶像劇、美國影集和日本動畫，也翻閱手邊的書籍。如果千卉擋住電視，她就看電腦，擋住電腦就看書，最後搞得兩個人都筋疲力盡。

再這樣下去，肯定會考不上好大學。這才是真正需要擔心的現實。

因為完全沒有理會千卉，導致她最後恨恨地說「小彤妳這樣會有報應的」而離去。明明打從心底覺得這樣比較好，看著千卉氣鼓鼓的臉頰以及水光打轉的眼睛，還是產生了罪惡感。

回想最初邂逅的時候，好長一段時間明明就像是能夠心靈相通，將對方視為忠誠的朋友。那樣的感情什麼時候開始產生變化了呢？

尚彤躺在天井的正中央深深感嘆。

三樓透天厝的屋頂之上，掛著圓了一半的月亮。

從今年的春天起，每一個滿月的夜晚，都有一個小女孩會翩然降臨在透天厝屋頂的圍欄邊緣。

春天時初次來臨，而尚彤正讀到杜甫的〈春夜喜雨〉這首詩，因此私自給她取名為好雨。

儘管做了這種事情，但一直以來尚形都沒有跟好雨有進一步的接觸。好雨總是在滿月的夜晚來臨，坐在窄窄的圍欄上凝視著月亮，兩個小時後便從反方向離去。

緞質的珍珠色斗篷包裹著好雨的幼小身軀，在月下有清輝流動，她看起來非常沉靜，非常寧定。

同樣是妖怪或幽靈，希望千卉可以學學好雨。

如果鬼啊妖怪之類的東西都像好雨，那麼應該就不可怕吧！

繼承這棟房子的話，或許會繼承爸媽的工作……並不是鑄劍，而是業餘靈媒的工作。跟他們進行短暫的接觸，協助他們離去，彼此是有如過客般的關係。然後現實中還會獲得確實的金錢報酬，說不定比當公務員或上班族更賺錢。

閉起眼睛就能回想起月光下好雨的寧靜姿態，尚形忽然覺得對象如果都像好雨一樣的話，似乎就沒有關係。

——喂。

等等！

產生這種想法就完蛋了。

尚形忍不住開口告誡自己。

「不能被奇怪的事物所引誘。」

如果說人世就像月亮，那麼對人類來說，鬼怪的世界就是水中之月。

童年時期，經常聽阿公談起這樣的事情。

古早古早、尚未出現電燈的年代，人類與神，與鬼，與另外一個世界的人們是居住在一起的。

由於同處一個空間，也必然產生機會，令彼此在某個時刻邂逅。有時衝突，有時碰撞，有時卻是相惜相知。

可是，如果人世是月亮，對人類來說，那個世界就是水中之月。

即使同居一處，卻流逝著不同的歲月時光。

即使看起來非常接近，但永遠無法企及。

那個能夠極其醜惡，也能夠極其美麗的世界，人類可以凝視，但無法碰觸。他們的存在宛如水中之月，人類即使用盡全力，也無法保留那個世界千萬分之一的吉光片羽。

對，那就是徒勞無功的事情啊！

因此絕對、絕對不能產生「如果怎麼樣的話就可以欣然接受」的心情。

反覆在心裡這樣對自己說著，卻不知不覺有睏意襲來。

傍晚已經有過一場陣雨，晚上應該不會再下雨了吧。

尚彤的意識開始有點模糊了。

必須到屋子裡面才行。

姑且不論夜晚會不會下雨，露天睡覺一定會感冒的。

雖然如此作想，可是意識好像被什麼所擄獲。

天空開始飄落雨絲。

尚彤心想，這該不會是夢吧？

緊閉著的雙眼應該看不見景色，可是總覺得看見細雨彷彿櫻花一樣飄落，而落花快要把自己淹沒了。

昨夜的夢裡，有個女人站在落花之中。

……是想對我說什麼嗎？

可是，我不能停留在這裡。

有什麼聲響從遠方傳來，尚彤努力捕捉方向。

聲音越來越清晰。

「鈴——」、「鈴——」的，按著固定的節奏傳送。

是電話。

這個意識一流進腦海，尚彤霍然醒了過來。

電話或許是爸媽打來的。

尚彤快速直起身子，穿越日本厝的走廊去接了最接近天井的一支分機。

「喂？」

「彤彤。」

電話那頭傳來中年女性的嗓音。

並不是媽媽，而是曾經收留尚彤寄居的遠房親戚文純姑姑。

「妳爸爸在家嗎？」

電話裡的聲音緊繃乾澀，不像過去總是一派嫻雅。說了爸媽到日本出差以後，文純姑姑輕輕說著「這樣啊」的聲音顯得疲憊又失望。

「如果是很緊急的事情，請打媽媽的手機好嗎？一定聯絡得上的。」

「人不在現場，大概沒辦法幫上忙。」

「……文純姑姑的意思是，遇到不乾淨的東西了？」

尚彤的詢問使得話筒沉默了一段時間。

「是高慧。」

「高慧姊？」

尚彤忍不住重複著所聽到的言語。

「是那個高慧姊嗎？可是……」

落花裡以溫柔卻悲傷的眼神看著自己的，高慧姊。

一年前的夏天，在深山裡失蹤而最後確定死亡的高慧姊。

……妳是想對我說什麼嗎？

電話那一頭，文純姑姑輕輕地嘆著氣。

「高慧回來了，回來找一芳。」

為什麼是櫻花呢？

她模糊的想著，但因為眼前美麗的櫻花而無法開口詢問。

第一個是台灣山櫻花。

高挑的女人笑著細數花期。

然後是千島櫻。

吉野櫻。

富士櫻。

八重櫻開完以後，就是夏天了。

她凝望著落櫻而無法離去。

……因為這份美好，駐足不去而被落花所淹沒也無所謂。

貳、不言不語的訪客

文純姑姑是爸爸的遠房堂姊，童年時代曾經住過祖厝，跟爸爸有著如同親姊弟般的深厚感情。尚彤十歲那一年，爸媽必須到金門出差三個月，當時就是寄居在文純姑姑家中，獲得他們體貼細膩的照顧。

文純姑姑、念中姑丈都是貨真價實的普通人，無法體會尚彤小時候備受鬼怪騷擾之苦，卻以親生父母般的寬容，溫柔照護著每到晚上就會發燒的她。

憂心尚彤因寄居外地感到寂寞，盡量撥空陪伴尚彤的，是姑姑的獨生女，尚彤的表姊陳一芳。

一芳姊姊比尚楹哥哥還要再年長一些，尚彤寄居陳家那時，一芳姊姊是大學三年級的學生，現在已經進入社會四年多、擔任大型外商公司的基層主管。

學生時代開始，一芳姊姊就顯現出獨立堅毅的個性與行事作風，即使外表看起來冷淡而嚴肅，卻是做事周詳、心思細膩的大姊姊。

她經常以這句話開頭：「彤彤，妳知道嗎？」

那段共同生活的日子裡，一芳姊姊總是準備著兩個人或者三個人的午餐，同時對她說著許多遙遠未來才會派上用場的知識。

「今天的主題是分配時間的要點，掌握時間是成就的關鍵。」

「情緒管理，這是維繫人際關係中很重要的一環。」

「我們今天來談執行力，也可以試著做一份甘特圖。」

「哲學雖然是深奧的學問，不過我的看法是，坐而言不如起而行。」

「妳想吃麥當勞？那我們可以聊一下全球化。」

諸如此類的話題總是成為午餐的配菜。

十歲小孩是聽不懂這些事情的喔——儘管有時候會這麼想，不過一芳姊姊的態度給人相當良好的感覺，尚彤覺得聽不聽得懂並不是重點，被當作大人一樣看待，讓人心情非常愉快。

同樣在言談舉止間把尚彤當作大人的，還有高慧姊。

高慧姊是一芳姊姊的大學學姊，也是分租公寓的室友。尚彤認識她的時候，一芳姊姊和高慧姊已經同居了三年。

為了陪伴尚彤，那段日子一芳姊姊和高慧姊的午餐時間總是在陳家。一芳姊姊有事可能延誤午餐，就由高慧姊單獨前來代理。

儘管她們感情親密，高慧姊卻有一次在午餐的飯桌上，笑說私底下跟一芳姊姊也會鬧得不可開交，讓許多人看笑話。

「因為我沒有一芳那麼能幹，幸好還擅長煮飯洗衣，不然就被一芳踢出公寓大門了。」

說著這種話的高慧姊，得到一芳姊姊冷冰冰的回應：「知道的話就再加油一點，然後把那些尼采還是沙特的書全部丟掉。並不是說自由業不好，總得填飽肚子才行吧？」

「彤彤啊，妳一芳姊姊就只是嘴巴很壞，其實很心疼我的。」

「回去我就把妳那櫃書賣掉。」

一芳姊姊冷酷的話語剛落，高慧姊就眨著眼對尚彤悄聲說，「她騙人的。」說著並笑起來，眼睛裡有溫柔的水光。

理性的一芳姊姊，感性的高慧姊，不知道為什麼感情甚篤。

一芳姊姊剛升主管的那陣子，曾經因過勞而住院長達一個星期，高慧姊每天探病，幾乎要把接到的買賣工作拋下不管了，遭到一芳姊姊痛罵才摸著鼻子回去幹活。

是學伴，室友，也是摯友。說不定也是姊妹。

高慧姊的雙親都不在了，也沒有手足。

「如果是妹妹的話，比起一芳果然還是彤彤比較可愛呢。」

「廢話，因為比起妹妹，我更像妳的姊姊。」

像這樣，只要高慧姊拋出裝傻役般的發言，一芳姊姊肯定立刻回以白眼加吐槽。尚彤總是在旁看得津津有味。

不過，高慧姊最後總是占上風。

「不管妳是姊姊還是妹妹，我都很感謝呢。」

「妳這樣講，我不就像個壞人了嗎？」

「是啊，謝謝妳總是讓我當好人。」

高慧姊笑得瞇起眼睛，那樣的神情也令人難以忘懷。

高慧姊和一芳姊姊準備合開公司的消息在家族間傳了幾次，直到去年夏天，消息終止在高慧姊的山難事件。

高慧姊失蹤，到最後確認死亡，所有後事一芳姊姊一肩扛起，沒有在人前掉過一滴眼淚。

「彤彤，妳知道嗎？」

告別式的時候，尚彤被氣氛所感染而流下眼淚，一芳姊姊以冰冷的手幫她擦去淚水。

「對活著的人來說，接受事實是唯一的路。」

電話裡面，文純姑姑說了這幾天所發生的事情。

不知道是從幾天前開始的，每天晚上一到九點鐘，就有人來按門鈴。

制式的門鈴聲，總是只響兩聲。

對於住在透天厝裡，夫妻倆都擔任公務員的文純姑姑一家來說，九點鐘是正在休憩、預備就寢的時間，前往玄關開門而沒有看見客人，總覺得應該是臨時起意的訪客識趣離開了。不是睡到半夜才被驚動，因此並沒有將這件事情放在心上。

終於意識到可能是有人惡作劇以後，念中姑丈決定要抓到犯人。

當天晚上九點鐘，門鈴聲準時響了，埋伏已久的念中姑丈第一時間將大門拉開。可是，門外只有一片闃黑的夜色挾著雨絲與涼意迎面撲來。

門口，庭院，以及稍遠一些的庭院柵欄處都沒有任何人影。

第二聲門鈴就在此時響起了。

無人卻響起的門鈴聲讓姑姑與姑丈渾身僵硬。或許只是幾秒鐘的時間，感覺上卻經歷了許久。他們無法動彈，等待著任何異樣。

可是，什麼都沒有發生。

除了門鈴聲響以外，這的確是個平靜得一如既往的住宅區夜晚。

終於能夠順暢的呼吸以後，念中姑丈決定強作若無其事地將大門關上，然而一芳姊姊卻出人意表伸手阻止。

空無一人的庭院，寧靜的庭院，綿綿的雨絲落到地面上也悄然無聲。

「高慧。」

一芳姊姊以平穩的聲音說道，聽起來彷彿未曾受到任何驚嚇。

「高慧，是妳嗎？」

寧靜的庭院沒有任何回應。

——這是前天的事情。

而昨天晚上，同一時刻門鈴響了。

深知事情有異，聚集在客廳裡的一家三口中，卻僅有一芳姊姊面不改色的對這件事情有所行動。

在文純姑姑夫妻屏息以對之際，一芳姊姊走去打開了大門。

門外有雨聲。

除此之外沒有任何聲響。

「……妳是想見我才來的嗎？」

說了這樣的話，一芳姊姊的面前出現了並不清晰的模糊身影。

是因為悲傷，或者更複雜的情感，一芳姊姊儘管已經伸出手，但最後還是收回自己的胸前緊緊握著，以堅決的口吻說道，「可是，在妳離開的時候，我已經決定要好好的走下去，所以妳也不應該再來了。」

一芳姊姊難道不曾感到害怕嗎？

然而當時並不是詢問這種問題的時候。

或許是因為恐懼的緣故，而感到時間非常漫長。

模糊的頎長身影走進門口，停留片刻以後轉身消失了。以為過了半個小時那麼久，可是當一芳姊姊再度將門關上以後，大家才發現時鐘的指針只走了三分鐘。

關上門以後的一芳姊姊，很久都沒有動作，也沒有說話。

「……今天開始，就當作沒有聽到聲音。」

隔天早餐的餐桌上，念中姑丈以平淡的口吻希望將這件事情帶過。

睡了一覺醒來，一芳姊姊似乎對前一天夜晚發生的事情並沒有留下記憶，所以只是用困惑的表情看著父母。

這樣也好。

文純姑姑在祖厝住過一段日子，對這一類的事情也有些概念。

已經跟一芳姊姊見過面的高慧姊，或許昨晚就離開了。

與過世一年的摯友相見而沒有留下記憶，那樣或許比較不那麼令人悲傷。

心裡雖然這樣盤算，可是事情並沒有想像中順利。

在尚彤接到電話的這個晚上，也就是今天的九點鐘，門鈴響了兩聲以後，儘管沒有任何人去開門，高慧姊卻自己走進了客廳。

並不是模糊不清的身影，而是幾乎已經可以勾勒出臉部五官與穿著般的清晰形象。連文純姑姑和念中姑丈這種過去從未看過幽靈鬼怪的人，都可以清楚的看見她，不禁大受驚嚇，手裡的電視遙控器掉在地上。

高慧姊將目光投向文純姑姑和念中姑丈，好像會如同過去夜晚拜訪時那樣，開口說出「真是不好意思，我又來打擾了」這種話。

可是高慧姊沒有說話。她露出笑容，看起來卻十分悲傷。

即使在高慧姊轉身消失之後，那份悲傷似乎還留在所見之人的心底。

儘管聽起來是真摯動人的情節，不過一想到各種可能的後續發展，在生者的這一方來說，根本無法置之不理。如果這天晚上不是因為文純姑姑夫妻倆碰巧在客廳收看電視播映的影片，而一芳姊姊身在二樓的寢室，那麼高慧姊會在哪裡止步……？

「讓一芳過去妳們家住幾天好嗎？」

電話裡文純姑姑如此說道。

「說是迷信也沒關係，祖厝真的有神明在，一芳也是林家的子孫，公媽祖先不會放著子孫不管的。」

……種種條件到齊，事情就會發生。

所以說，就是這件事嗎？

尚彤將一芳姊姊視作親生姊姊，而文純姑姑和念中姑丈也是，情感上等同是尚彤的親密家人。

對象是尚彤很喜歡的人們，心裡雖然有個聲音大喊著「我不想跟妖怪幽靈扯上關係！」尚彤卻也很清楚——自己已經捲進預感中的那個事件裡面了。

台灣山櫻花。

千島櫻。

吉野櫻。

富士櫻。

八重櫻謝盡，就是夏天了。

彷彿繞口令一樣的花期順序，是高慧姊告訴尚彤的。

阿里山的櫻花是日本時代日本人所刻意種植，氣候和土地都很合適，所以有了今天這樣令人讚嘆的美麗景色。

產生的原因並不重要，眼前正在發生的事情才須要關注。

六月期末考那陣子，看見新聞說阿里山的櫻花又開了，而即使是這樣的氣候亂象，還是引起夏天短暫的賞櫻人潮。尚形心想，高慧姊的意思，大概就是像這樣活在當下就好了吧。

暑假的第二天。

一芳姊姊抵達尚形家的時候，已經是晚上七點多鐘。

在透天厝的門口迎接一芳姊姊，尚形注視著睽違幾個月不見的一芳姊姊，她看起來氣色並不太壞。淡妝、套裝，長長的直髮一絲不苟地紮在腦後，纖瘦卻挺直著背脊，一芳姊姊給人的感覺就是這樣，微笑時仍然有點冷淡。

她看起來很好。

或者說，看起來跟平常沒有什麼不同。

如果文純姑姑沒有來那通電話，一定無法想像一芳姊姊前兩天曾經發生過那樣的事情。

「讓妳等很久了吧？」

「沒有。而且姑姑有打電話來說，要我自己先吃晚餐。」

「對不起，客戶公司那邊的貨櫃訂單有點問題，所以工作被延誤了。」

即使可以用一句「公司有事」就帶過，一芳姊姊還是會把尚形當做必須認真看待的人一樣，清楚地交代細節。

「月初的時候，公司也比較忙，真是沒有辦法。」

「……一芳姊姊吃過晚飯了嗎？」

「還沒。」

「那我去準備。」

「彤彤。」

一芳姊姊以輕描淡寫的口吻說道。

「不用了，在公司裡吃過下午茶，還不餓。我想先休息一下。」

「……哦。」

尚彤幫忙提了一個臨時打包的行李袋，一芳姊姊進入二樓的客房，沒有卸妝就躺到床上。

儘管連續兩個夜晚遇到靈異事件，然而所謂的現實，就是在這種時候仍然要與社會保持著同樣步調，永不止息的運轉。

受到衝擊，而覺得短暫時間內無法平復心情，不過在某個時間某個定點，總是有某條軌道存在著，現實中我們必須配合著那個軌道前進。

這就是千卉所不能理解的事情。

在一芳姊姊輕聲的「九點以前我會起來的」話語中，尚彤為一芳姊姊掩上房門。門板闔上的時候，輕輕「喀」地一聲發出聲響。

人類乃是被拋進這個世界。

是哪一本書上寫的呢？

尚彤所看過各式各樣的怪書太多了，不小心忘記細節也是沒有辦法的事情。

即使很倒楣，又沒有道理，不過人的責任就是接受被拋進世界的事實，然後學著規畫自己的人生。

更加悲慘的是，當人類被上帝所拋棄於世界之中，並且建立了社會秩序以後，如果不按照這個世界的軌道運行，那麼人類便會步上遭受上帝所拋棄的後塵，再次遭到同為人類的夥伴所拋棄。

千卉不可能理解的。

即使曾經親密地一起玩耍，將對方當作知己，可是，千卉還是當初相識時經常在山林裡隨處找高樹假寐的山神，時間、事件、夥伴，都不在她的眼裡。從葉縫中篩落的日光碎片在千卉透明晶瑩的臉蛋上閃閃發亮，她就像自然界的所有萬物一樣無拘自在。

尚彤只要想起千卉閃爍著淚光的眼睛，就會這樣安慰自己。

我才是被拋棄的人喔。

所謂的軌道，大概是社會秩序或者主流價值之類的東西。人類恐懼再次被拋棄，因此努力想要與人類夥伴走在同一條安全的軌道上。儘管有的時候並不符合人性，像是一芳姊姊在這種情況仍然需要加班，但以此為代價，只要待在這條軌道裡面，我們就會安穩的走到終點。

亂七八糟想了這麼多，不過這些東西也只是尚彤在看電視和各種小說的時候所產生的心得。

……話說回來，主流價值是什麼意思，尚彤也不是那麼確定。

畢竟九年的義務教育，加上今年邁進第十年的學生生涯之中，並沒有老師明確地在傳授這方面的知識。

可以確定的是，光是要走上軌道，就必須努力費勁、竭盡所能了，而不能明瞭其中苦楚的千卉對她所做的種種，只是給人帶來困擾與妨礙而已。

這樣的想法剛剛閃過腦海，花香便與嬌氣的笑聲一起傳來。

「人家知道喔——」

這種軟綿綿的口吻向來獨一無二。

把臉轉過去，眼前忽然出現一張靠得極近的美麗臉蛋。

實在是靠得太近了，尚彤向後退了一點並且露出不悅的表情。

「小彤妳真的很失禮耶！」

抱怨著「讓人家抱一下啦」，千卉將雙手環上尚彤的肩膀。

為什麼明明觸摸不到，千卉卻還是樂此不疲？

如果追問千卉「妳剛才說妳知道什麼？」的話，一定會被玩弄。並不想被牽著鼻子走，所以尚彤當作沒看到千卉一樣低著頭走開。

「欸，妳不想知道高慧是怎麼回事嗎？」

腳步，不自覺地慢下來了。

……不行。

尚彤在心底對自己說。

不可以停下腳步。

只要不跟千卉說話，忍耐幾天她就一定會因為無趣而自動消失。

在她離去以前，每一分每一秒都是至關緊要的時刻。

「以經驗作借鏡，都會以為讓對方圓滿心願就可以解決吧，不過那必須是一般的狀況才行。」

不，不要聽。這是陷阱。

「如果是平平或蕙蕙就另當別論，可是現在小彤妳只有一個人喔。」

不能夠輕易被誘惑。妖怪都是哄騙人心的高手。

「對了，妳有沒有想過，最後還是沒有解決的話，妳的一芳姊姊會怎麼樣？」

咚！

好像哪裡響起了這樣的聲音。彷彿是箭矢射到靶子中央那種篤實的聲音。

可以把爸爸和媽媽當作小孩子一樣稱呼，千卉是會被媽媽以安心的口吻說出「千卉在家的話，就算出現一些奇怪的牛鬼蛇神，彤彤一定也會毫髮無傷，所以沒有什麼好擔心的，不是嗎？」這種話的崇高存在。

勢單力薄。這就是現在尚彤的寫照。

「……要怎麼做？」

「嗯嗯，小彤妳說什麼，太小聲了沒聽見呀！」

並不是使用耳朵的聽力這種東西，只要開口說話一定就聽得很清楚，這種時候還裝傻的千卉純粹是使壞心眼。

尚彤把臉側過去與千卉正面相對。

「我說我應該要怎麼做？」

千卉笑了起來。

那個笑容真是美麗，幾乎使人遺忘她前一刻的壞心。

「小彤妳啊，這麼明顯表現出妳喜歡陳一芳，讓人家很傷心呢。」

「蛤？」

「所以，妳要接受懲罰。」

——什麼？

透天厝是代替原先的四合院門樓而建的，所以說到正門口，應該是透天厝的大門。

可是，日本厝擁有自己的大門，同樣也有門鈴。

儘管只有兩個門鈴，不過要是弄錯還是不太好。

當然，還有另外一種可能。

「會來嗎？」

「……會喔。」

詢問的尚彤與沉默片刻後予以答覆的一芳姊姊，目前待在透天厝的一樓客廳裡。

「會來嗎」這句話所省略的主詞是「高慧姊」，但即使不用整句說出來，兩個人也早就有共識了。

再過十分鐘，就是九點了。

沒有打開電視，也沒有尋找話題聊天的心情。

為什麼一芳姊姊會給予肯定的答案，尚彤總覺得不需要再追問下去。

從旁邊偷偷注意著一芳姊姊，可是她的臉上看不出任何情緒，無從得知一芳姊姊心裡的想法。

梳洗過並且換下套裝的一芳姊姊，只有長髮仍然拘謹地束在腦後。因為水分而微微濕潤的頭髮和眼睫毛，比平時更黑一點，顯得臉蛋更加白皙。

纖細外表和堅毅眼神具有強烈反差，雖然是跟千卉截然不同的類型，然而一芳姊姊也是連女孩子都會不禁點頭認同的美人。

——以經驗作借鏡，都會以為讓對方圓滿心願就可以解決吧，不過那必須是一般的狀況才行。

高慧姊想要什麼呢？

——如果是彤彤的話，也許看得懂。

說著這種話並且和氣微笑的高慧姊，最後一次見到她是去年的舊曆新年。

一芳姊姊跟高慧姊來祖厝拜年，說著「新年快樂」，兩人將裝著壓歲錢的紅包送給了尚彤。

一芳姊姊給的紅包袋上面以鋼筆字寫著「學業進步」，高慧姊的則是有著小楷毛筆描繪的花卉插圖，那並不是套印，而是親筆繪上的曇花，意思大概是在說這種東西一瞬間就會消失的。不曉得究竟是在呼應一芳姊姊的「學業進步」，還是尚彤的壓歲錢。

高慧姊的幽默感必須要花點腦筋才能體會。

不過，當時果然被一芳姊姊責怪了。

「別把妳那一套四大皆空的想法強加給人家。」

「可是，世上萬物確實都只是曇花一現，早一點認清比較好。」

「要認清的是，該怎麼把這個曇花一現的人生好好過完！」

一芳姊姊務實的回擊非常有力，高慧姊只好搖著頭對尚彤露出了苦笑。當時同樣前來拜年的親戚似乎以為她們在吵架而過來開解，話題因此不了了之。

在那之後，今年舊曆新年只剩下寫有「平安健康」鋼筆字跡的紅包。高慧姊的喪禮結束，一芳姊姊很快遷出同居的公寓。日後尚彤前去陳家拜年，以為一芳姊姊多少會留有高慧姊的東西作為紀念，結果什麼也沒有。

尚彤看向客廳裡的掛鐘。

「會來嗎？」

「……會喔。」

一芳姊姊的口氣冷淡，卻很肯定。

距離九點還有五分鐘。

對尚彤來說，並沒有經歷前兩天陳家所發生的事情，因此現在的等待並沒有真實感。當事人之一的一芳姊姊，也絲毫沒有緊張的神色。

叮咚。

門鈴響了。

在尚彤心裡閃過「時間不太對吧」這樣的念頭時，門鈴再次叮咚響起。

與一芳姊姊平靜地對看了一眼，姊妹兩個人分別站起身來。

彷彿是排演過許多次的劇碼，一芳姊姊離開客廳，而尚彤去開了大門，無論是平靜的心情，或是從容的走位，全部都配合得很好。

即使在門外看到什麼都不會感到驚訝。

確定自己做好了這樣的心理準備，尚彤還是在門口呆了一下。

不知道從什麼時候開始，深邃的夜空下起雨來了。

面向道路的透天厝，門前作為庭院處闢有水泥地廣場給客人停車。

高慧姊站在廣場裡面。

與綿密的雨絲相融，起初並不是非常鮮明的形象，卻在很短的時間之內匯聚成形，清晰可見。

等到高慧姊走近門邊，就可以輕易地發現她的外貌並沒有改變。

跟這兩天夢裡，以及過去所見的高慧姊一模一樣。

她站在門前，俯視尚彤時的表情非常溫柔，像是下一秒就會開口說話。

……一年多沒有見到面了喔。

在告別式的時候，高慧姊已經是完全不能讓祭悼者目睹遺容的狀況。

可是，高慧姊現在卻像是一年多以前來拜年的時候，一臉輕鬆地走過來對尚彤微笑。

——拜託不要擅自妄為啦。

——給我們帶來困擾了妳知道嗎？

「高慧姊，妳為什麼會來呢？」尚彤一點也不動搖，毫不保留地將內心話說了出來，「如果有什麼事情要做的話，請告訴我，我一定會幫妳完成的。」

一股作氣把話說完，尚彤等待著高慧姊的回應。

然而，除了雨聲以外，沒有任何聲響接在尚彤的話語之後出現。

高慧姊仍然只是微笑注視著尚彤。

「……」

沒有得到回應而不知道該怎麼辦，尚彤只好輕聲地說：

「一芳姊姊不在這裡。」

尚彤撒了謊。

真是彆腳的謊言。

連尚彤自己都忍不住這樣責難自己。

簡直就像情侶冷戰期間，好心幫忙撒謊卻很笨拙的笨蛋家人。

可是，明明是這麼彆腳的謊言，高慧姊卻仍然在下一刻轉過身去，消失在雨幕之中。

把大門掩上，尚彤的心跳才開始加速。

因為低著頭而恰巧瞥見的手錶，指針已經走到九點零三分。所以說，是客廳的掛鐘慢了吧。

明天，高慧姊一定還會來的。

「小彤妳啊，這麼明顯表現出妳喜歡陳一芳，讓人家很傷心呢！」

幾個小時以前，千卉笑咪咪的這麼說，「所以，妳要接受懲罰。」

「什麼嘛，就算說懲罰，那也是我有犯錯才能成立吧！」

「不要頂嘴了，懲罰是妳要讓人家好好的抱一下。」

以撒嬌的口吻說話，飄飛在半空中的千卉早就抱著尚彤的肩膀，臉頰幾乎貼在尚彤的臉上，只差沒有真實的觸感。

「我才不要！」

尚彤壓著聲音抗議。

「要讓妳抱到，代表要把項鍊拿下來吧？那麼做的下場一定很淒慘！而且高慧姊會來根本就是妳幹的好事，目的就是為了讓我把項鍊拿下來，對不對？」

「什麼嘛，對小彤來說，人家這麼沒有信用嗎？」

……這種問題還需要回答嗎？

跟妖魔鬼怪相比，地下錢莊的信用度說不定高過一千倍。不，不對，肯定是一萬倍。

總而言之，會跟妖怪作約定的人肯定都是頭殼壞得很徹底。

尚彤自認精神狀況非常良好，也並沒有突然遭受攻擊而使腦袋運作失常。

「在聲明自己的名譽以前，千卉妳應該要先把話說完吧？」

「嗯嗯……什麼話？」

喂，妳該不會以為裝傻是很可愛的事情吧？

尚彤嘀咕著。

「被騙了……。」

被「最後還是沒有解決的話，妳的一芳姊姊會怎麼樣？」這句話絆住腳，甚至誤以為千卉願意幫忙，尚彤心想，雖然精神和腦袋的運作都還相當良好，但果然還是因為天真而遭受欺騙了。

這只是千卉誘騙自己開口的陷阱。

……真是沒用。

被自己的單純所打敗，尚彤因而感到沮喪。

「哎喲，小彤現在的表情很可愛呢。」

千卉好像在說風涼話一樣，聲音聽起來相當愉悅。

「雖然很可愛，不過妳露出這種傷心的表情，人家也會覺得很傷心的。」

「騙人。」

「嗯？」

「騙人，千卉妳這個大騙子！」

尚彤走進房間並將房門關上，感覺滿肚子的火都快把身體燒穿了。

「千卉妳這個騙子，為什麼要把我當傻瓜？妳根本就不知道我有多困擾，為什麼可以隨便說出這種不負責任的話？妳知道人類光活著就很辛苦，有很多事情要面對嗎？我要考英檢，要考大學，未來要找到好工作，一芳姊姊也是很辛苦在為事業努力，妳知道現在失業率有多高嗎？即使是在這麼嚴峻的世界裡面拚命生活，可是卻完全沒有辦法遇到好事，所見所聞都是令人悲傷的事情啊，妳知道我們的痛苦嗎？根本沒時間理妳們這些東西啦！」

「……」

室內一片沉默。

現在裝乖也沒用啦。

「……小彤，妳突然抓狂耶。」

「還不是拜妳所賜！」

「妳變兇殘了，人類的青春期好可怕，短短幾天就會變樣。」

「我才沒變，而且也不是短短幾天！是妳一直誤以為有個小女孩天真無邪、可愛又美好。妳不想幫忙就趕快走，我不想跟妳講話。」

「小彤好冷酷，人家的心都受重傷了。」

……受重傷的時候，聲音不要聽起來這麼開心好嗎？

千卉一直在身邊打轉，想要對上尚彤的視線，為了眼不見為淨，尚彤乾脆把眼睛閉起來。

「不要不理人家啦。」

沒聽見。

「會告訴妳的，所以張開眼睛吧。」

不會，這次我絕對不會被騙了。

「妳變得好壞心喔。」

所以趕快走吧，離我越遠越好。

「……好啦，像高慧這種狀況，確實只要圓滿心願就會消失，不過她的成因比較複雜，必須要找到她真正的心願才可以。」

什麼嘛。

這種程度的情報不是跟沒有差不多嗎？

「小彤妳太貪心了啦！」

或許是因為尚彤的表情洩漏了內心想法，千卉氣呼呼地說道。

「這已經是跳樓大拍賣了耶，神也有私心，要全部情報就把項鍊拿下來。」

拜託神不要把跳樓大拍賣跟私心掛在嘴邊好不好？

「……不抱的話，起碼看我一眼吧？」

不是「人家」，而是「我」了是嗎？

尚彤嘆了一口氣。

用那種可憐的口氣是犯規啦。

遲疑地把眼睛張開，眼前立刻出現了千卉閃閃發光的笑臉。

不管經過多久，千卉總是這樣的一張笑臉。

那應該是相當年幼的事情了。聽說酢醬草咀嚼有酸味，嘗試時驚喜發現果然如此，急急地抬起頭把這份喜悅分享給身旁的千卉。

「雖然嚐不到滋味，可是似乎可以聞到酸酸的氣息呢！」俯趴在尚彤肩膀上的千卉說了這樣的話，神情專注簡直有點像是在品味香水，然後微笑起來。

就是這樣的笑臉，讓人胸口緊緊地鼓動著。

沒出息。

看到千卉的笑臉而忽然覺得怒氣全消的自己，真是沒有出息。

「小彤好難得這麼聽話！加碼大放送，高慧她啊，條件到齊以前沒辦法做什麼事情，不過隨著時間，力量會越來越強，在那之前要想辦法超渡她。妳知道並不是燒什麼紙錢紙紮人就有用吧？」

「妳是說，像妳只喜歡花花草草那樣？」

「大概是這樣。」

「說清楚點，可以讓高慧姊離開的辦法，妳明明就知道吧？」

「妳把項鍊拿下來。」

「不要。」

「那就自己想辦法。」

「……」

媽媽常說，神佛同樣擁有煩惱，正因如此才能體人所苦，唯一差別在於神佛不執煩惱，可以自得解脫——然而，抱持著這種想法對待千卉的話，就會被無情玩弄。

在尚彤來看，千卉只讓她體悟了求神拜佛時為何擲筊必須擲三次的原因——說穿了，神佛也很情緒化，具有獨特個性，鬧起脾氣來也會敷衍和玩弄人類。像是某大學附近的土地公喜歡泰山仙草蜜，雖然具體得令人傻眼，不過千卉自己也說過，有事求她的話，最好是用茉莉、含笑之類的白色香花。

「算了，我放棄。」

「是呀，讓人家抱一下就能解決，很划算的不是嗎？」

「我放棄的是依靠妳！」

尚彤沒好氣地說，「條件到齊以前沒辦法做什麼事情，我只要在那之前找到高慧姊的心願就好了吧？」

——要知道高慧姊所為何求，幫助她完成心願。

只要按照過去爸爸媽媽或者尚楹哥哥的方式，有樣學樣並不困難。

高慧姊如果來了。尚彤心想，就開門見山地問她原因！

……是因為條件還沒到齊嗎？

雖然開口詢問了，但是高慧姊並沒有回答。

如果高慧姊不回答的話，就沒有辦法插手協助。

尚彤開始有點苦惱了。

或許事情並沒有想像中簡單。而且這件事情也不是辦家家酒可以半途說不玩就不玩的。

「妳還在想那件事嗎？」

「……沒有。」

「彤彤妳知道嗎？妳說謊的時候聲音比較小喔。」

「是嗎？」

「嗯。」

尚彤和一芳姊姊躺在同一張床上。

距離高慧姊「來訪」已經過了三個小時，現在差不多是十二點半了。

明天是星期五，也就是說尚彤必須去上游泳課，而一芳姊姊也仍然要去上班，這個時間再不睡的話，明天可能就會沒精神做好事情。

儘管很清楚，人也躺在床鋪上，臥室裡面一片漆黑，可是沒有睡意。

聽到尚彤說「高慧姊明天應該還會來」的時候，客廳裡一芳姊姊淡淡地笑了說「這麼難纏，真不像高慧」。

那之後，兩個人都避談了高慧姊的事情。

在同個時間，不同的地方響起門鈴。高慧姊是為了一芳姊姊來的。

與一芳姊姊相見以後，高慧姊仍然沒有離去。

千卉說，必須要找到真正的心願。

情報太少了。

……只要問一芳姊姊的話，就能知道更多的事情。

「彤彤。」

一芳姊姊忽然先開口了。

「她看起來怎麼樣？」

「我以為一芳姊姊不想談這件事。」

「嗯，心情很矛盾。」

一芳姊姊沉默了一下。

「彤彤，妳覺得人生的意義是什麼？」

「這……」

話題跳得好快。尚彤心想，除此之外，這個話題對十六歲的少女來說也太艱深了。

試圖思索答案的昏暗房間裡，那張鉛筆素描畫悄悄地浮上了心頭。

「大概是讓未來活得比現在更好吧。」

「這是妳的答案啊？」

黑暗中，一芳姊姊的聲音聽起來有點像是在笑。

「彤彤妳啊，跟我很像呢。」

「咦？」

「冷淡，可是穩重。我從小就被這麼說。妳也是，剛才很勇敢又有擔當，一般來說十六歲遇到這種事情應該會害怕吧？」

「那是因為家學淵源啦。」

聽到尚彤的反駁，一芳姊姊輕輕笑了起來。

「曇花一現的人生，高慧這樣說過對吧？可是我到現在還是認為，就算曇花一現也沒關係，正視現實是很重要的。就算知道人生沒有意義，人還是會肚子餓，還是需要過生活。要怎麼把現實活好，這是我唯一能掌握的事情。」

「嗯。」

一芳姊姊沒有說錯。

尚彤感同身受。

——危機不是我們可以解除的，所以放不開五欲、貪戀著眼前的快樂並沒有錯。

那個時候尚彤也是這樣告訴尚楹哥哥的。

可是尚楹哥哥卻說了「太關注物質世界的話，妳會受傷的」這種話。

……今天的高慧姊，眼神看起來真的非常悲傷。

所謂的太關注物質世界，就是指這份眷戀嗎？

高慧姊明明知道世界萬物都是曇花一現，但還是沒辦法擺脫塵世眷戀。

尚彤側過頭去看一芳姊姊，而她正好也轉過來看著尚彤。

「她看起來怎麼樣？」

「應該跟一芳姊姊看到的差不多。」

「彤彤，妳知道嗎？」

「嗯？」

「我根本看不見她。」

「什麼？」

「為什麼會這樣呢？爸和媽都說看見了喔，可是我只是隱約感覺到，完全沒有看見高慧。」

「頭七那一天，我一整夜都沒睡。在公寓的門口玄關灑滿麵粉，掛起了風鈴，因為啊，不是聽說如果頭七回家，就會出現跡象嗎？我守了整夜，可是也是什麼都沒看見……妳說，是不是人太現實就會受到這樣的懲罰？」

一芳姊姊明明在笑，可是……

一芳姊姊跟尚彤不久前看見的高慧姊一樣，明明微笑著，眼神卻非常悲傷。

「那個、高慧姊看起來跟以前一模一樣喔！」尚彤急忙開口說道，「高慧姊就跟去年過年來我家的時候一樣，很溫柔又很帥氣，頭髮好像剛剪過，瀏海短短的，還有，高慧姊穿著新年妳買給我們一人一件的襯衫，就是粉紅色格子的那一件……」

「是嗎？她明明說很討厭那件衣服的。」

「……高慧姊明天還會來的。妳想見她嗎？」

「傻瓜。」一芳姊姊將手伸了過來，「別哭了。」

當姊姊冰冷的手觸摸到自己的臉上時，尚彤才發現自己正在流淚。

一定是因為，高慧姊和一芳姊姊的笑容看起來太讓人難過了。

「看得見看不見都不重要，高慧已經走了一年了。」

以冰冷的手幫尚彤擦去眼淚，一芳姊姊說了跟過去相同的話語。

「對活著的人來說，接受事實是唯一的路啊！」

——所見所視的世間萬物，只是過眼雲煙。

高挑的女人這樣告訴她。

有形的物體終究要回歸無形，櫻花在最美的時候就會凋零。

沒有錯。

萬物到頭總是空。

可是，即使能夠瞭解一切只是過眼雲煙，內心的眷戀卻仍然無法輕易釋懷。

叄、未完之事

有些事情必須釐清。

尚彤拿著手機以大拇指快速地鍵入文字。

1．高慧姊是為了一芳姊姊來的。（她真正的心願到底是什麼？）

2．高慧姊的形體愈來愈清晰。（什麼因素改變她的形體狀態？）

3．條件到齊以前事情不會發生。（會發生什麼事？）

結論？

盯著手機螢幕好半晌，尚彤又在「結論？」的前一行做了補充：

4．一芳姊姊看不見高慧姊。

所以說這點情報根本不夠。

昨天哭得迷迷糊糊，也迷迷糊糊地睡著，尚彤鬧鐘響起的時候，一芳姊姊早就去上班了，也就是說到現在為止，姊妹倆並沒有進一步談論高慧姊的機會。

十一點結束游泳課，尚彤婉拒朋友們的午餐邀約，亂吃了點零食果腹，回家之後就因為思考陷入困境而煩惱。

結論……

尚彤心想，結論就是普通人除了眼睜睜看著事情發展之外，別無他法。

爸爸、媽媽還有尚楹哥哥都不在，尚楹哥哥的父親雖然繼承宮廟厝，而且是媽祖宮管理委員會的主任委員，專長卻是財務管理，更別說一般號稱可以問事、驅邪的法師也並不可靠。

或許現在應該想的是，最糟糕的發展會是什麼狀況？

「高慧姊如果留下來會怎麼樣？」

「嗯？」

「別裝傻啦。」

尚彤將椅子旋轉過去，千卉像是貓咪一樣縮著腿蜷坐在書房裡向陽的木製窗台上。

今天的千卉，穿著粉紅色背心和白色短褲，長髮則是鬆鬆的盤起來，露出了白皙的脖子。

純粹從外貌來說千卉大概是二十歲左右，修長又勻稱的身材並不適合這種高中生的穿著，看起來還是非常可愛——尚彤偶爾會閃過這樣的念頭，為什麼明明她們穿的一模一樣，千卉卻能夠散發遠遠高出自己十倍以上的魅力呢？

即使可以辯稱是因為自己的頭髮長度無法做到那種造型，尚彤同時也很清楚，從上帝把人類拋進這個世界開始，人類就被賦予了某種枷鎖，那就是人類無法突破的界限。譬如長相或者智商。

與其抱怨上天真是不公平，尚彤已經學會安慰自己「沒關係，因為我是個普通人」，並且在可以努力的範圍內奮鬥與掙扎。

……說起來，壽命也是人類無法突破的一種界限。

「我不明白。」

尚彤看著千卉說道。

「為什麼妳可以待在這裡，高慧姊不可以？」

「小彤妳很沒禮貌耶！」

尚彤根本不在乎千卉的嗔怪。

「難道說妳跟高慧姊是不一樣的存在嗎？」

「並不是這樣喔。」

似乎是因為尚彤願意交談，千卉於是像貓一樣伸展手腳，隨後飄過來把手按在她的肩膀上。

明明戴著項鍊而沒有觸覺傳達過來，卻還是感覺胸口被什麼所輕輕觸動。尚彤抬起頭，恍然意識到自己已經太習慣從這個角度看著千卉了。

千卉的雙手按住她的肩頭，上半身稍微向前傾，偏在她的右側。如此一來，視線總是首先落在千卉左耳耳後到脖子的白皙肌膚上。在陽光底下，可以明顯看見白皙肌膚上細細的汗毛，令人錯覺千卉是如此真實地存活於這個世界。

然後——千卉也總是會在下一刻回首，以綠色的眼睛專注地凝視著自己。

「小彤大概認為我跟人類不一樣吧，不過我們是很相似的。」

說著這話的千卉，果然毫無意外地投來綠色的凝眸。

儘管如此，尚彤心底浮現的並不是賓果歡呼聲，而是有點彆扭的不悅，以至於開口的時候，聲音有點粗啞，「是嗎？」

「妳說人類為什麼會死呢?」

「妳在說什麼啊?」粗暴的聲音,外加皺眉。

「小彤妳想過的呀!」千卉口吻親熱又愉悅的說道,「在死亡之前,死亡之後,這個軀體哪裡不一樣了?是不是缺少了什麼東西?讓這個軀體活動的真正動力是什麼?」

「我不想討論那種幫不上忙的事情。」

「主宰著軀體的東西是靈魂。」

「我說我不想討論。」

尚彤露出厭煩的表情,千卉卻一點也不受影響地說了下去。

「這個靈魂決定了人的命限,也就是智慧、格調、器度與能力等等的東西,靈魂的本質藉由軀體而呈現出來,而當軀體敗亡的時候靈魂就無法繼續存在。雖然聽起來是互生關係,可是真正的主宰還是靈魂,所以死亡是以靈魂而言的。」

「……我聽不出來這跟高慧姊有什麼關係。」

尚彤並不想知道這些事情。

放在肩膀上的透明的雙手,儘管沒有任何重量,因為這個話題尚彤仍然覺得心頭沉沉地被壓按了一下。

所有一切超現實的狀況,妖魔鬼怪的生存方式,人類是不是擁有靈魂,還有什麼命限這種根本聽不懂的詞彙……這些事情，尚彤非常想對千卉說，「我一點興趣也沒有！」

「有關係喔！」

千卉以嬌柔的嗓音說起艱深的話題：

「無論是小彤、我，或者高慧，本質都是一樣的。神仙、妖怪、鬼魂、人類種種說法都只是文化意義，靈魂是我們獲取生命動力的核心器官，而維護靈魂持續存在的，在人類來說就是這個肉體。」

……很難懂。

在理解這些事情之前，要把學校教導的關於物理學概念全部放棄，然後向神祕奇異的民間信仰或者宗教學靠攏。

尚彤努力在腦中做了整理。

「簡單來說，高慧姊現在會出現，是因為靈魂獲得了生命動力？」

「沒錯。」

「……因為想要實現某個願望，所以出現，那麼只要找到生命動力的源頭，也就是真正的願望，然後圓滿這個願望，也就是說切斷動力來源以後，高慧姊就會消失？」

「是啊，就好像不讓妳吃飯，有一天妳就會死掉。」

千卉露出了微笑予以肯定，繼續舉例「或者說強制讓心臟停止」、「讓大腦缺氧」、「多重器官衰竭」、「身體重要機能停止」……喂，克制點好嗎？人類的部分不用說這麼多也知道啦！

「小彤，」正當尚彤想要打斷滔滔不絕的千卉時，她更早一步做了結語，「妳現在想做的事情，就是讓高慧死掉喔。」

「什、什麼嘛！」

尚彤現在的狀況，就像是突然遭受意料之外的攻擊。

這種說法，等於在指責她插手的舉動是殘酷的。

「爸爸、媽媽不也做一樣的事情嗎？」

尚彤抗辯似的說道。

「消失對高慧姊的鬼魂來說或許是死掉了，但是放著不管難道才是幸福嗎？而且，如果說一次只能考慮一個人的狀況，活著的一芳姊姊比較重要吧！」

「是呀！所以小彤也不需要為此難過。」

千卉以白皙的手指撫摸著尚彤的臉頰，並且溫柔地凝視著尚彤。

「有生就有滅，有形的東西，有一天會回歸無形。幫高慧完成未完的心願，然後讓她安心的走吧，高慧也會為此感到幸福的。」

……千卉的眼睛是深綠色的。

那是深邃幽靜的山林的顏色。

很久很久以前，她就記得這雙眼睛獨一無二的顏色。因為千卉偶爾那幾乎像看透人心一樣的目光，尚彤總會覺得心頭湧出一股悲傷。

以前的她，也曾經因為這樣的目光注視著自己而流下眼淚吧。

在提醒著殘酷之舉的同時，尚彤心想，千卉或許是在安慰自己。

就像是兩人還相當親密的那個時候，千卉總會輕輕地幫她擦去淚水；以項鍊拉開彼此距離的如今，千卉也仍然以溫柔的目光注視著她。

一定是因為這樣的緣故，尚彤其實並沒有真正認定高慧姊的來到是千卉的惡作劇。

高慧姊的鬼魂，生命動力的源頭大概是這份對一芳姊姊的眷戀。

……千卉的話，或許就是山林草木的靈氣吧？

千卉那雙深綠色的眼睛盈滿了笑意。

「高慧跟我不一樣的地方，是我所能獲取的生命能量遠比她龐大。超渡只是一種說法，就算不做什麼，高慧一定也會消失的。」

「妳的意思是也可以放著……」

「啊啊……像高慧這麼不穩定的存在，雖然總會消失，不過消失以前會做出什麼事情呢？」

因為千卉的危言聳聽，尚彤忽然又有點洩氣了。

「……妳直接告訴我吧，最糟糕的情況是怎麼樣？」

「嗯？」

「處理這件事，對妳來說很簡單吧？」

「在回答這個問題以前——」纖細白皙的手指指尖落到了尚彤的項鍊上面，「拿下這個項鍊對妳來說也很簡單吧？」

「不要。」

幾乎是反射般的回應，尚彤把臉轉開，口氣非常冷硬。

即使說是毫無道理的任性也無所謂，可是這是唯一不願也不能退讓的界線。尚彤只要想到過去千卉對自己做過的那些事情，無論如何也沒辦法點頭妥協。

「就只有這個我絕對不會答應！」

尚彤的冷淡反應，使得千卉不斷說著「好小器，讓人家抱一下啦」並且宛如水中撈月一樣徒勞無功地想要摟住尚彤。

會說出非常艱深的話語，而且據說是神一樣的存在，可是大多時候千卉跟小孩子沒有兩樣。

任性率直、無拘無束，貪玩又愛使壞心眼，根本不把別人放在眼裡……在此同時，千卉也有她所做不到的事情，有她無法突破的界限。

統稱為後山，位在祖厝後面的是一大片山林。

四合院格局完好的日本時代，作為地界劃分，似乎很多人家都有這種設計。不過都市開發直到今天，只有少數人家像林家祖厝這樣保留下來。竹林、果樹、觀賞花木交錯，到春天就芳香濃郁，據說存在著相當充沛的能量，所以千卉才會來到這裡活動，而且自稱是山神。

所謂的後山，尚彤也搞不清楚是指三汀山、冬瓜山還是車籠山。千卉在山的另一頭，該不會也捉弄著尚彤完全不認識的某個人吧？山神是土地神的一種嗎？還是樹王公？如果是自然崇拜的話，能夠匯聚成人形，應該要有座小廟，至少有一個石頭或老樹來匯聚信眾的能量吧。

可是這些事情尚彤都沒有辦法得知答案，可以知道的是，離開後山太遠，千卉就會失去力量。儘管想過千卉或許可以使遠方的器物毀壞，不過那應該也是特定狀況下才能夠做到的事情。

因此到游泳池時就算把項鍊拿下來也不怕千卉前來糾纏。因此一定要考到好大學離開這個家。尚彤從小就把這件事情視作理所當然，所以並沒有特別意識到這就是意味著千卉的能力有所限制。

千卉攀在尚彤肩膀上的雙手是近乎透明的。

——有生就有滅。

尚彤的腦海中，一瞬間閃過了這樣的想法。

有形的東西，總會回歸無形。

雖然有著遠比高慧姊龐大的生命能量，可是有一天千卉也會……

「妳在讀書嗎？」

差點陷入奇怪的感傷之中，忽然傳來的聲音，讓尚彤清醒了過來。

朝聲音來源看去，正走進書房裡來的是穿著套裝的一芳姊姊。

留意一下時間，會發現差不多是中午一點半左右。距離尚彤離開游泳池雖然已經過了兩、三個小時，但這個時候一芳姊姊應該還是上班時間才對。

「一芳姊姊？」

「平常是五點下班沒錯。」

注意到尚彤的疑惑表情，一芳姊姊會意而笑。

「昨天和今天早上，努力集中精神把事情處理完了。累積了好幾天的年假，用在這種時候剛剛好吧？」

說的也是。

即使是一芳姊姊，再堅強的人遇到這種事情還是會在意。

說著「妳的書還真多呢」的一芳姊姊繞到書架前面，不知道是想要轉移注意力或者純粹好奇，開始審視起書櫃上的書籍。

到剛才為止還攀在尚彤肩膀上的千卉，也轉而攀附在一芳姊姊身邊。

真是的，到底想做什麼？

尚彤以眼神示意千卉離一芳姊姊遠一點，不過並沒有收到任何成效。

「彤彤。」

一芳姊姊忽然出聲，尚彤連忙回神。

「怎麼了？」

「妳看這種書啊。」

什麼？

尚彤定睛一看，一芳姊姊手上拿著《薛西弗斯的神話》。

「現在的高中生會看卡繆了嗎？」

「沒有啦，那是阿公留下來的書。」

「可是這本書的再刷時間是四年前喔。」

阿公是在尚彤上小學以前過世的，也就是說那是將近十年以前的事情。

一芳姊姊正在看的那個書櫃，跟卡繆放在一起的還有尼采和佛洛姆。

「……對不起。」

「為什麼道歉？」

「一芳姊姊妳好像不喜歡這種書。」

尚彤還記憶猶新，一芳姊姊曾經跟高慧姊說過這種書最好全部丟掉，因為看這種書就像是在逃避現實。

「雖然都是放在我的書櫃，不過書是爸爸買的。我在學校參加的是圖書館社，剛好之前的書單上有這些書，就拿過來放在這裡。」

「都看過了嗎？」

「沒有，看不懂。」

「彤彤妳的聲音變小了喔。」

一邊翻開書，一芳姊姊這麼說著。

「就算看不懂，妳一定也看過了吧？」

「……。」

「妳該不會是怕我生氣吧？」

「有一點。」

「是嗎？」

一芳姊姊露出了苦笑。

「對不起，是我太嚴格了。長久以來受到寵愛，不知不覺勉強著所有人配合我，這樣的傲慢應該傷害到許多人吧。」

尚彤雖然想回答「願意接受妳的勉強，一定是喜歡著妳的人」，不過一芳姊姊在那之前先開口了。

「我總是做一些很笨的事情，沒有看清楚自己的心。彤彤妳跟我很像，所以未來多試著了解自己的感情比較好。」

「……嗯。」

一芳姊姊的話該怎麼對應到自己身上，尚彤並不是很明白，不過一芳姊姊翻起了書頁，總覺得那是在告訴自己「這個話題結束了」的舉動。

如果好奇的話，繼續詢問下去一芳姊姊肯定會回答的。

可是，尚彤並沒有那麼想知道關於自己未來感情的這種事情。

一芳姊姊大概是聯想到她對待高慧姊的態度而有所感慨。既然知道，就沒必要加以追問了。

陷入思考而稍微走神了，尚彤回神才發現千卉正在撩動一芳姊姊的長髮。肯定是因為在自身的地盤上，千卉才能如此輕鬆地惡作劇吧，畢竟碰觸到物體還是要耗損精力的。

反過來說，千卉就是這樣一個即使要耗損精力也要惡作劇的笨蛋妖怪。

另外一名當事人的一芳姊姊，似乎是因為頭髮會搔到脖子，抬起頭來困惑地看著窗戶，過一會兒又看向天花板的電風扇，像在觀察吹動頭髮的源頭。

……喂，不要太過分。

尚彤瞪視著千卉。

因為沒有開口發出聲音，千卉也就沒有停止那些無聊的小動作，甚至轉過來說：「妳覺得人家跟陳一芳誰比較好看？」

拜託給我閉嘴，不要跟人類計較這種事情好不好？

「妳有感覺到嗎？」

千卉反覆了兩三次的捉弄，一芳姊姊終於因為費解而開口詢問。

「這裡的風向有點奇怪。」

……是因為有一個據說是神的傢伙在跟妳玩啦。

可是一芳姊姊看不見千卉，所以多說無益。尚彤認命地決定改變話題。

「一芳姊姊吃過飯沒？」

「妳還沒吃？」

「吃了點心所以不餓，想說熱湯來喝就好了，一芳姊姊呢？」

「嗯，我跟同事吃過了。」

隨後一芳姊姊說著「那我來準備吧」，把書放回原位，在尚彤的道謝中離開了書房。

腳步聲遠去，尚彤皺著眉頭跟千卉大眼瞪小眼。

「……小彤妳幹嘛不說話？」

「妳別對一芳姊姊動手動腳啦，她又看不見妳這種妖怪。」

「居然說這種話，人家並不是妖怪而是神，所以應該要加以尊敬才對。而且為什麼小彤只對人家冷淡？別以為神不會詛咒人喔！」

跟千卉爭辯只會讓人產生眼前一黑的絕望感。

——神仙、妖怪、鬼魂、人類種種說法都只是文化意義。前不久她不就是用同一張嘴說出這種話的嗎？

「跟人類比起來人家明明就比較高等，說到能力或智慧，毫無疑問陳一芳沒有贏面。」

尚彤對飄回來攀在自己肩上並叨叨絮絮的千卉感到無言以對。

剛才一瞬間——雖然只是一瞬間，但會因為千卉的消失而感到寂寞的自己，簡直就是笨蛋。跟千卉這種長壽妖怪比起來，無論如何生命會先結束的一定是身為人類的自己。

「我說啊，在講別人的壞話以前，妳不覺得應該先反省一下自己為什麼會有這種待遇嗎？」

尚形拋出了問題，直直的注視著千卉。

「譬如說，妳單方面做了什麼不可原諒的事情，之類的？」

就像是傳接球一樣，尚形希望對方可以接到球，並且好好的給予回應。

「什麼呀——？明明我一直都很照顧小形妳啊！」

哀叫出聲的千卉，錯過了尚形所丟出的言語之球，還一副理直氣壯的樣子。

果然不能對妖怪有太高的期望啊。

尚形嘆氣說道：「所謂的照顧，跟惡作劇是兩回事，希望起碼這一點妳可以搞清楚。」

「嗚……以前會在人家面前哭的稀哩嘩啦的小形，居然翻臉像翻書一樣……」

「總之等一下別跟我講話。」

「無情的人，剛才還纏著人家問東問西的！」

「真抱歉我就是這麼無情，所以別跟著我。」

斬釘截鐵地表明了自己的立場，尚形說完話就轉頭離開，把尾隨上來的千卉當作空氣一樣視而不見。

到一樓的時候，廚房已經傳出熱湯的香味。

靠近餐桌的那一面牆開了兩扇落地窗，夏季午後艷艷的日光因而輕鬆地染亮室內。

獨自身在廚房裡的一芳姊姊，神情十分沉靜，身影消失了一半。

尚彤腳步停頓。

再細看，一芳姊姊仍然站在原地，只是因為光線折射的緣故，一芳姊姊才會看起來就像是隨時會消失的樣子。

一芳姊姊寧定的側臉看不出表情，像是籠罩雲霧，既沒有笑意，也沒有悲傷。

有的時候，尚彤覺得一芳姊姊比高慧姊更難捉摸。

「沒有完成的心願，妳說高慧？」

「嗯，高慧姊大概覺得有什麼事情還沒完成。」

尚彤將目前為止所得到的訊息作一彙整，簡單地告訴了一芳姊姊。

「喪禮這種儀式繁瑣又漫長，結束以後，就會讓人感覺某件事情已經完成了不是嗎？其實這是一種安慰的手段，對死去的人來說，知道俗世的事情已經結束，就會安心離去。但或許是因為還掛念著什麼，高慧姊才會來找妳。」

在尚彤把話說完以前，一芳姊姊始終安靜的聽著。

「就跟請神一樣，既然為了某件事情而來，就必須完成事情才可以，就算不知道高慧姊來的原因，也只要找到就好了。當高慧姊知道未完的心事已經了結，我想應該就會離開的……所以，我才想問高慧姊是不是心願未了。」

一芳姊姊注視著尚彤。

那個神情高深莫測，尚彤屏息以對，久久才看見一芳姊姊開口。

「彤彤妳真的懂得好多。」

她露出了苦笑，所以尚彤連忙補上一句，「是家學淵源啦。」

「高慧沒有完成的心願嗎？妳說的對。」

「一芳姊姊知道可能是什麼？」

「不是『可能』，而是確定。」

一芳姊姊笑著說道。

「一定是對我生氣了。」

「……為什麼可以這麼肯定？」

「在高慧失蹤以前，我們大吵了一架。」

「咦？」

這種事情，尚彤從來沒有聽說。

「說是吵架，其實一向都只有我在生氣，因為高慧是『好人』嘛。」

說著挖苦人的話，一芳姊姊並沒有笑，而是輕輕地嘆息。

「身邊的人都問，我和高慧怎麼可能合得來？肯定是高慧在忍讓我吧。會這麼想也非常合理，可是呢，高慧真的不是『忍讓』，而是因為胸襟廣闊，是個好人，才會毫無條件地包容我。」

作為傾聽者，尚彤在旁安靜地注視著一芳姊姊。

「妳提到高慧沒有完成的心願，最初我想到的是開工作室。不過想想，果然不是這個吧，高慧是個不重視物質的人，而且希望兩人合開工作室的人一直是我。那麼就只剩一個心願了。」

聽到這裡，尚彤忍不住開口：「所以那是……？」

「是想要報復我了。」一芳姊姊說，「去年整個春天我們都在冷戰……不，是我單方面對她冷淡。當時高慧好像是想要和解，邀請我一起去爬山，我卻口氣很差的對她說『這麼喜歡山的話，就一輩子待在山裡不要回來了』。」

突如其來的表白讓尚彤張大了眼睛。

因為尚彤的表情，一芳姊姊透出了一點笑聲。

「由於對於各種各樣的事情抱持著完全不同的想法，我們遲遲沒有辦法得到合開工作室的共識。財務也好，業務也好，連地點都選好了，可是高慧就是不願意答應，到底為什麼呢？就算想溝通也沒有辦法。那個時候我很氣她，實在太生氣了，一定是氣昏頭才會口不擇言。可是……我果然很糟糕對吧？說那種話是不可原諒的，所以我也得到應有的懲罰了。」

「怎麼這樣……」

去年夏天，擁有嚮導執照的高慧姊獨自入山，失聯一個星期才被發現屍體。原因似乎是落石擊中高慧姊，使她失足掉入谷底，等找到高慧姊的時候已經過世一段時間了，因為所在的地方通風良好而且地勢險峻，才能夠保存完整的屍首。

「直到現在，我都覺得那是我的錯。」

「大家都知道那是意外。」

「是呀，是意外。可是這份心情不會因此而改變。」

一芳姊姊彷彿是在說別人的事情，即使在這種時候語氣還是十分冷靜。

「始終不體貼的摯友，總是對她的興趣加以干涉，而且成天到晚忙著工作，家務事全部丟下來了，一點也沒有幫忙。在主動尋求和解的時候，卻只得到詛咒般的惡毒話語……高慧是什麼樣的心情呢？我認為懷抱著這種痛苦活下去，是我最後能夠回報她的唯一方法。不過現在看來，高慧也許不這麼覺得吧？」

「一芳姊姊……」

尚彤想說些什麼，但是一芳姊姊對她搖頭。

「雖然我也想過高慧是想見我一面，但見到我以後還沒有離開，意思不是很明顯嗎？她是無法原諒我才來的。」

不，不是的。尚彤心想，如果一芳姊姊看到高慧姊的表情，一定就會明白絕對不是那麼一回事。

可是一芳姊姊篤定的表情，讓人無法反駁。

……就當作是這樣的理由而來，那麼高慧姊怎麼樣才會離去呢？

「彤彤，妳說的沒錯。如果不原諒我的話，高慧到底想要做什麼？」

儘管尚彤並沒有把內心的想法說出口，一芳姊姊還是注意到了。

「沒有完成的心願或許是只有我才可以達成。雖然看不見她，但今天就讓我去跟高慧說清楚吧。」

一芳姊姊說這句話的時候，那雙黑色眼睛透露著堅毅的目光。

因為那份堅毅，她看起來十分美麗，而且令人感到安心。

——如果是一芳姊姊的話一定沒問題的。

這個聲音在尚彤心中縈繞著。

然而。

晚上將近九點鐘的時候，出了問題。

一芳姊姊睡著了。

不，或許說昏倒比較恰當。

那個時候，手錶的指針快要跨進九點鐘。

尚彤沉默地等待著。

千卉遠遠地浮在靠近天花板的地方。

而打算走到門口等待高慧姊的一芳姊姊，一瞬間昏倒在客廳中央。

「怎麼回事？」

尚彤發現叫不醒一芳姊姊以後，轉而向千卉詢問。

「之前並沒有發生過這種事情啊。」

「現在妳還想自己解決嗎？」

千卉含笑的聲音非常具有蠱惑人心的效果。

「只要妳認輸就好了，把項鍊拿下來並沒有造成妳的損失啊！」

此刻確實不是逞強的時候，但是——

門鈴響了。

真的不應該逞強，但是人如果可以輕易拋棄原則，那麼世界還會這麼混亂嗎？

尚彤用最快的速度將一芳姊姊攙離客廳，然後趕在第二聲門鈴結束以前開了大門。

高慧姊站在門口瞇著眼睛微笑。

拜託妳們好不好……

尚彤努力平復紊亂的呼吸。

「高、高慧姊……」

「彤彤，我想見一芳。」

高慧姊微笑著說道。

「我知道一芳在裡面。」

——拜託妳們好不好！

不要每天都給別人驚奇啦！

尚彤努力把尖叫的衝動咬在嘴裡。

就算是回來以後從未開口的高慧姊終於說出第一句話，也根本不會令人感到開心。

心情極端惡劣。並不是因為不喜歡高慧姊，而是在此時此刻，根本不可能為高慧姊的來臨感到喜悅，交談之初就被搶得談判的先機，也是令人頭痛欲裂。

……這也是條件到齊了嗎？

高慧姊看起來更有精神了，比起半透明的千卉，更有人類的樣子。說不定一伸手就可以觸摸到實體。

到底是什麼原因讓高慧姊的力量越來越強，現在還沒有找到答案。如果說是對一芳姊姊的怨恨，那麼就不應該露出這麼和藹可親的樣子吧？

「一芳姊姊已經睡了。」

緊張或恐懼的話，心靈就會出現空隙。如果出現空隙，就可能在下一秒被迷走心神。

回想著爸媽平時的應對態度，尚彤冷靜地把話說了下去。

「很晚了，今天不方便招待高慧姊，真的很抱歉。」

聽到尚彤這番話，高慧姊有點為難地苦笑起來。那個表情好像在說「真拿妳沒辦法」，準備移動腳步的樣子也很像是知難而退。

「等一下——」

高慧姊妳到底來做什麼？

這句話還沒來得及問出口，高慧姊已經在轉身的瞬間消失了。

……饒了我吧，我只是普通人而已。

尚彤關上大門，緊繃感消失以後才一陣腿軟。

「小彤妳真的很倔強。」

不知道幾時千卉來到了身邊，充滿餘裕地趴在尚彤肩膀上，輕鬆的口吻彷彿在看好戲一樣。

「到什麼地步才會投降呢？拉鋸戰好像也很有趣……」

「妳該不會真的有插手這件事吧？」

「才沒有呢。」

尚彤對上了千卉率真的笑容，千卉則伸出手指描繪著尚彤的眼眉。儘管無法傳遞溫度，桂花的香氣卻從指尖的那端流了過來。

「可是煩惱的小彤很可愛，所以再讓妳煩惱一陣子好了。」

明明稍早之前還哭喪著臉抱怨，一下子又反過來欺負人了。正因為千卉總是這樣隨心所欲的態度，尚彤才會覺得全身無力。

「……捉弄我是這麼快樂的事情嗎？」

「是因為我喜歡小彤嘛！」

如果要受到這樣的待遇，這種喜歡也太令人無福消受了。

面對這樣的千卉，已經不知道能夠寄望她什麼，就算尚彤因為不甘願而露出憤怒的表情，千卉最後也只是對她笑著說「加油吧」就走了。

不要想來就來，想走就走啦。

……高慧姊也好，千卉也好，妳們真的很過分。

尚彤忿忿地想著。

稍微體恤一下我們吧。

走去探視一芳姊姊的情況，尚彤才發現昏迷不醒的一芳姊姊已經坐起了身子。

「……她來過了？」

「嗯。」

尚彤想了想，補上一句：「高慧姊開始說話了。」

「她說什麼？」

「高慧姊說想見妳，還有『我知道一芳在這裡』。」

「是嗎？」

一芳姊姊淡淡地笑說：

「這樣的我，被怨恨也是正常的。」

「不是這樣的。」

「這是事實，我虧欠高慧太多。」

一芳姊姊抬起頭來微笑注視著尚彤。

「妳感覺到了吧？她想帶走我。」

尚彤跟一芳姊姊的年齡差距是十一歲。

十一歲的差距所造成的結果，是尚彤並不瞭解一芳姊姊跟高慧姊的過去。

高慧姊曾經說過兩人私下也會鬧得不可開交，讓許多人看笑話。

以此作為線索，尚彤想到的人就是尚楹哥哥。

雖然尚楹哥哥人在湄洲島而無法即時回來，但是詢問一些往事的話，尚彤認為沒有任何人比尚楹哥哥更適合作為情報來源。

打電話給尚楹哥哥以後，尚彤果然從而得知以媽祖宮為集散中心流傳的四方閒話。說著「一芳姊從以前就是閒話的重心人物」的尚楹哥哥，因為在宮廟裡擔任要角，早已聽盡許多家族中人的成長史。

有關於一芳姊姊與高慧姊的密切往來，據說被認為是一芳姊姊的現實考量。

「……高慧姊雖然父母都不在了，不過傳言她繼承了相當豐厚的遺產。」

「……性格好相處，專業方面又有很好的鑑賞眼光，以合夥人來說具備很優秀的條件。」

「……雖然是一芳姊主動結識，但後來卻是高慧姊反過來照顧一芳姊。」

「……被認為是因為高慧姊的身家條件而跟她往來也是正常的。」

「……其實也有其他傳言，又更不好聽就是了。」

從尚楹哥哥那裡所得到的訊息，與其說是不滿意，不如說是讓尚彤更加混亂了。

「我能告訴妳的就是這些，但是這些話不要太當真。」

「我知道。」

「為什麼突然問起這件事？」

「沒有啦，因為……因為前兩天看到那張素描畫，所以有點好奇。」

以含糊的說法帶過，尚彤收了線。

尚楹哥哥既然沒有辦法從湄洲島回來，那麼說再多也沒有用，尚彤很清楚這樣只是徒然造成別人的擔憂而已。

窗外，又開始下雨了。

尚彤凝望著窗外的細雨。

梅雨季已經過去，颱風也還沒來，為什麼雨總是下個不停呢？

雨絲一線接著一線，注視著那樣的景色時，心底油然生出了一股懷念之情。尚彤忽然想起來，是的，曾經是有過那樣的事情。

同樣的梅雨季結束，颱風未至，連日飄著細雨的七月天某個下午。

尚彤午睡醒來仍然意識朦朧，昏暗的日本和室內看見了一芳姊姊和高慧姊的背影，她們那樣安靜，彷彿融化在黑暗之中。

一芳姊姊寧定地坐在高慧姊右前方不遠處，而高慧姊手執著鉛筆，另一手壓著輕輕翻飛的紙頁，會不會是天色因雨勢完全昏暗以前正在素描呢？

高慧姊望著一芳姊姊的側臉，感覺上恰恰是注視著耳後到脖子那個線條柔軟的肌膚。一芳姊姊的身姿顯得自在放鬆，像是隨時會回過頭來對高慧姊微笑。

細雨掩蓋了世界的喧囂，尚彤凝視著兩人的背影，覺得這一刻寂靜得宛如全世界都已毀滅。

那像是一幅畫，像一場夢。

「這場雨像是要下到世界末日一樣。」

終於黑暗中一芳姊姊輕輕的說。

高慧姊則透出了笑聲，肩膀隨之顫動。

「最好現在就是世界末日。」

她的笑聲慢慢地停歇下來，然後低聲的，以近乎虔誠的聲音說：「那麼一來，我們就真的可以一起走到生命的盡頭。」

尚彤只是注視著這一切。

一芳姊姊沒有喝斥高慧姊，也沒有笑，而是沉默。她轉過臉來，昏暗中無法窺見神情，卻以尚彤從未見過的姿態，彷彿恐懼，又彷彿堅決，朝向高慧姊伸出手臂。

高慧姊如同心有靈犀，幾乎在同個時刻傾身向前，甚至無需一芳姊姊再移動半寸，就已經倒入一芳姊姊的纖瘦懷抱裡。平日那樣成熟溫柔的高慧姊，只有在那個時候像個需要安慰的孩子。

兩人彼此依偎，一動不動的背影就像融化在黑暗中一樣。

那一天雨水的氣味，既甜美，又悲傷。

因為這樣的一個回憶，一芳姊姊那句「我虧欠高慧太多」總覺得是可以理解的，然而，尚彤腦中卻仍然盤旋著一團迷霧。

那團迷霧就像這場雨一樣，某些事物被隱藏雨幕中，讓人看不真切。

綿密的細雨讓這一切看起來像一場夢。

倘若努力穿越雨幕的話，肯定就能夠清醒過來。

因為清醒是必要的，過去的她一定毫不猶豫地往現實走去。

可是這次她猶豫了。

雨幕的另一邊，會比這裡更美好嗎？

肆、無盡如雨

唧……

唧唧……

儘管有聲音傳來，但尚彤仍然在沙發裡沉睡著。

前一天晚上跟尚楹哥哥通過電話，腦中一片混亂而失眠，大概是半夜三點多鐘才睡著。

星期六不需要上游泳課，尚彤的生理時鐘卻使她在八點自動清醒。如此一來，午覺睡得很沉就沒什麼好意外的了。

一芳姊姊前一天晚上也是翻來覆去睡得並不安穩，可是卻清醒得比尚彤更早，而且在九點鐘左右就說得去公司一趟。

早就知道一芳姊姊重視工作，可是在周休二日、同時也請了年假的假日，一芳姊姊一通電話就往公司跑，尚彤忍不住為此感到嘆服。

……我們在這個社會裡活著，所以必須與社會裡的人們維持聯繫。

尚彤得出了這樣的結論。

無論何時，能夠讓人類生命產生意義的唯有人類社會。

作為自我鼓勵，尚彤把課本和參考書翻出來，決定為假期結束後的學校考試進行一番努力。

然而，或許是太勉強自己了，奮戰一個早上，結果是尚彤吃過午飯以後就不斷打瞌睡。好不容易掙扎著在心裡面下了「只睡半小時」的決定，身體一躺上沙發就陷入深沉的夢境之中。

雨幕裡，尚彤躊躇著離開或者留下。

細雨讓一切如夢似幻。在不受雨水所淋濕的地方，內心感受到了甜美的溫柔與安慰，所以捨不得邁開腳步穿越這場美麗的雨幕。

如果不趁早離開的話，或許會永遠被拘留在此處，但是穿越雨幕所到達的現實社會，又能夠讓人得到什麼？

沒有答案。

可是，尚彤努力告訴自己，即使如此停留在這裡還是不對的。

……唧。

唧——

唧——

唧唧——

手機鬧鐘太擾人，尚彤終於掙扎著睜開了眼睛。

客廳裡一片明亮。

電風扇吹送著涼風過來。

聽起來以為是手機鬧鐘的聲音，其實是屋後那片山林傳來的蟬鳴。

今天是暑假的第四天。

尚彤身躺的柔軟沙發，腳邊有人同樣陷坐在那裡。

「按了電鈴，可是沒人應門，我就自己進來了。」

高慧姊面露微笑地說道。

「一芳好像不在？」

「……」

窗外仍然傳來蟬鳴聲，風也在室內流動著，客廳的日照充足，連茶几上的骨董魚缸水面都因此反射著粼粼波光。

水光折射在高慧姊的臉上，讓她的眼睛因為光線而稍微瞇起，淺咖啡色的瞳孔盈盈發亮。她看起來是那麼自然，姿態像每一次與尚彤閒聊時那樣輕鬆。

尚彤能夠感覺到，如果一芳姊姊人在此處，肯定能夠清楚地看見高慧姊。

調整完呼吸，尚彤才能擠出聲音：「一芳姊姊去公司加班。」

「真不巧。」

高慧姊再次露出那種苦笑的表情，就跟昨天晚上一模一樣。

「那麼，晚一點我再來拜訪。」

「等等！」

尚彤連忙喊住，「高慧姊，請等一下。」

高慧姊一點都沒變，本來應該是要直起身子離去，此刻卻低頭以沉穩並且充滿耐性的態度等待著尚彤的詢問。

「高慧姊妳為什麼回來？如果說有什麼沒有完成的事情，讓我幫妳完成好嗎？」

尚彤的這番話讓高慧姊笑了起來。

可是，她隨即又搖搖頭。

在尚形想要繼續追問以前，高慧姊開口說道：

「我們約好了，要一起去看櫻花。」

八重櫻謝了以後就是夏天。

直到今天尚形都還會背誦阿里山的花期。

——夏天沒有櫻花。

儘管很高興高慧姊釋出了更多訊息，可是還是有令人不解的地方。

為什麼會這個時間點來臨，又說出這樣的話呢？

尚形一點概念也沒有。

然而，一芳姊姊聽到這句話的時候，輕輕掩住了眼睛。

「哭也沒關係喔。」

「說的也是。」

一芳姊姊虛弱的說道。

「可是，我明明是鐵石心腸的人不是嗎？這樣的我也哭出來的話，高慧一定會擔心的。」

……所以，高慧姊過世的時候才始終沒有哭是嗎？

如果擔心高慧姊不原諒妳，為什麼還要為她著想這麼多？

尚彤想，那樣也沒有關係了，就算不知道理由，今天是該解決這件事情的時候了。

「妳覺得我能夠看見高慧嗎？」

「可以的，雖然沒有根據，不過我覺得可以。」

那是，下午兩點鐘的事情。

在高慧姊短暫的拜訪以後，一芳姊姊的汽車引擎聲就在尚彤家門外響起。趕在一芳姊姊還沒進門，尚彤衝上二樓房間，看見千卉隨著電風扇在打轉。

「高慧姊進到屋裡面來了——我根本沒開門！」

「那個啊——」

千卉笑咪咪的回應。

「妳開過一次門了不是嗎？大概是以為受到歡迎吧。」

「歡迎什麼的，別開玩笑了……」

正在感到無力的時候，某件事情閃過了尚彤的腦海。

「妳的意思是，如果一開始不開門就沒事了？」

「這種說法只對了一半。」

「就說妖怪不要咬文嚼字啦！」

「太沒有禮貌了，這是請教別人的態度嗎？」

話雖如此，千卉卻還是心情很好的樣子。

「今天高慧又說了什麼？條件快到齊了喔。」

「……最糟糕的狀況是怎麼樣？」

「要認輸了嗎？」

到底是從什麼時候開始，解決高慧姊來訪的這件事情成為賭注，而籌碼是將項鍊取下來呢？

太不公平了。即使獲勝也只是得到原有的平靜，輸了卻會得到原本不應承擔的後果。這樣算什麼賭注？

「不要跟我開玩笑了。」

因為太憤怒而產生反作用，尚彤口氣冰冷地向千卉開口詢問。

「最糟糕的狀況，是一芳姊姊會被高慧姊帶走嗎？」

「小彤妳何必這麼緊張呢？」

千卉的手掌緊貼著尚彤的臉蛋，連身子也挨在尚彤的肩旁。

如果尚彤將項鍊拿下來，或許能夠感覺到千卉冰冷卻柔膩的膚觸。

——有生就有滅，有形的東西，有一天會回歸無形。

——幫高慧完成未完的心願，然後讓她安心的走吧，高慧也會為此感到幸福的。

就像當初說了這樣的話語，千卉此時的嗓音也是同樣溫柔。

「有形與無形，這一端和那一端，沒有哪一端比較好，或者比較差。生與滅是接連不斷相生的，就像是雨水一樣，落下了以後又會回到大氣之中，反覆循環，沒有停止的一天。這個道理在陳一芳身上也是相通的。」

尚彤看著千卉的笑臉。

為什麼妳還能夠露出微笑呢？

……有形的東西總有一天會消失，所以千卉一定也有消失的那一天。但是那會是什麼情況呢？

為什麼千卉可以微笑說出這些殘酷的話語呢？

總有一天會消失，現在就不需要執著活下去嗎？

「……我們光努力活著就很辛苦了喔。」

「嗯，妳說過了喔。」

「是啊，我說過。」

尚彤冷笑起來，「為了活下去，我們忍受過許多種痛苦，妳知道我們強迫自己去面對的是什麼樣的東西嗎？妳又知道為了忘記妳們，我們花了多大的力氣嗎？妳們擅自想走就走，想來就來，造成我們很多困擾了妳知道嗎？」

——我們約好了，要一起去看櫻花。

高慧姊是這麼說的。

夏天沒有櫻花……那是以阿里山而言。

跟千卉這種令人生氣的妖怪談過話以後，尚彤心中反而踏實了。

只要圓滿高慧姊的願望就可以了。

今天就是解決這件事情的時候。

要去看櫻花。

但為什麼會是櫻花呢？

尚彤想起來，夢裡所見的高慧姊站在細雨中，那場雨也彷如櫻花一樣。

阿里山沼平地區的偏僻山路，有一片櫻花林。

躺在櫻花樹下的那一片花毯上，心情徹底放鬆地仰望著天空，隨著春風飄落的櫻花看起來就像細雨。落到臉上時，感覺有點像是溫暖而甜美的淚水。

「明年春天，我們再來看櫻花。」

儘管山區春寒料峭，不過眼前的這一切實在太過美好。

而且，因為交握在一起的雙手溫暖了彼此，使人不再感到寒冷了。

那是五年前，一芳姊姊大學畢業前夕的事情。

一直對戶外活動缺乏熱誠，一芳姊姊在高慧姊以「畢業前的紀念」為理由遊說許多次以後，終於答應到阿里山看日出。

高慧姊很早就擁有嚮導執照，路線規畫良好的阿里山也無須裝備齊全，半夜時兩人一起從山腰徒步出發。倘若順利的話，可以在空曠舒適的地方獨享日出的那一瞬間，天大亮以後感覺心靈得到洗滌與撫慰。

可是那一天，一芳姊姊和高慧姊並沒有看見日出。

沒有月亮的夜晚，比想像中來得更黑暗。

高慧姊隨身攜帶著頭燈和手電筒，卻半路迷途，最終只能依靠感覺沿著山路向前走，直到山路到達盡頭。

「所以說，仰賴直覺的結果就是這樣。」

一芳姊姊口吻平板地說著這樣的話。

「並不是說感性不好，而是光憑感覺做事本身就是非常危險的。」

「可是這就是樂趣之一啊。」

已經摸熟一芳姊姊的個性，高慧姊很清楚如何與一芳姊姊相處。

「一定會到達盡頭，但正因為路程中會發生不可預知的事情，所以才充滿樂趣。」

「我從不覺得迷路很有趣，一想到妳登山啊旅行的，老是遭遇危險的事情，頭都快痛死了。」

「我會盡量做到不讓妳擔心。」

「不想讓我擔心就別再爬山了，旅行也克制一下吧。」

「那也做不到呢。」

高慧姊總是微笑著表明自己的立場。

「我很軟弱，所以必須要有個龐大的支柱才可以。」

「不要把山當作支柱，人只要關注現實就會變得堅強。」

「是啊，妳說的沒錯。」

雖然附和著一芳姊姊的發言，但並不是認同了的意思。

黑夜深邃。

山路到盡頭以後，高慧姊取了野徑繼續向前走。

儘管理念懸殊，兩個人還是並肩將這條漫長的路走了下去。

很長的一段時間是沉默的。

不知道什麼時候開始，天際慢慢地白了起來。

到底走了多久，一芳姊姊並沒有關切。

天亮了，原先看日出的目的已經不可能達成，因此疲憊地停住了腳步。

「再這樣走下去也不會有結果。」

打破沉默的第一句話，與其說是頹喪而放棄，不如說是毅然下了決定，一芳姊姊如此說道。

「明知道不會有結果，再往前走也沒有用，這種時候趁早回頭比較好。」

「一芳……」

或許高慧姊想說些什麼來安撫，不過一芳姊姊並沒有等她說完。

「我們都很清楚自己的目標不是嗎？可是我們會到達的地方並不相同。明明知道這種事情，但只要妳在身邊，我就沒辦法丟下妳走開。如果某一天我們發現並肩走到的地方是絕境，那就太悲哀了。」

「不會有那種事的。」

「假如必須要有一個人做出決定，才能結束這條漫長的路，就讓我當那個下決定的人好了。」

一開始是兩個人同意走上這條路，而在高慧姊從來沒有喊苦的情況下，卻仍然說出這樣冷酷的話語，似乎連一芳姊姊自己都受不了。

說完話以後，一芳姊姊虛弱地坐了下來。

高慧姊伸出手想攙起一芳姊姊，但她並沒有因此振作，反而將臉埋到了自己的臂彎裡。

「現在還來得及……現在就分道揚鑣的話，還來得及。」

是在說這條山路，還是兩個人的未來道路，不曉得從哪一句話開始已經混淆不清了。

雖然是春天，但一定是因為太過寒冷，心才會像冬天的萬物一樣乾枯。

一芳姊姊認為雙方這樣矛盾的組合是無法長遠走下去的。

同居也好，合夥也好，越深入彼此的生活就越多衝突，也許有一天會徹底決裂。正因為曾經共度許多美好的、愉快的，只要看著對方就會感到心靈相通的日子，才會加倍不願走到那樣的境地。

在盡頭等待著的，不知道會是什麼，但怎麼也無法抱持樂觀的心態。

直到其中一個人喪失所有的耐性以後，就會像現在這樣落得難堪的場面。深知兩個人都無法退讓，因此對兩人都好的選擇就是早點拉開距離。

理念懸殊而走在一起，只是互相折磨。

「……一芳。」

高慧姊在一芳姊姊身邊坐了下來，然後輕輕搖動她的肩膀。

「妳抬起頭來。」

「不要，只要看了妳，我就會後悔。」

「那不看我，妳抬頭看看天空。」

儘管正在衝突的現場，高慧姊的聲音仍然一如過往的溫柔。

一芳姊姊終於還是無法抗拒地將埋在臂彎裡的臉抬了起來。

一旦日頭出現，天就亮得很快。

身處的這條野徑非常狹小，可是簇擁著兩人的卻是夾道的櫻花樹。

黑暗中摸索著行走，並沒有多餘的心力去注意身旁的事物。

然而，天一亮以後就可以發現滿山遍野的櫻花圍繞在身邊。

櫻花樹之上，是遼闊的天空。

淡藍色的天空濛著一層霧氣，櫻花因為露水而溫柔地閃動著薄光。

簡直像是身處在夢中。

春風撫過的時候，櫻花彷彿細雨一樣靜靜飛落。

「不要認為我們會走到絕境好嗎？」

高慧姊撫摸著一芳姊姊的臉龐。

「比起死守原本的目標，路上會遇到什麼事情，不是也很值得期待嗎？不管是什麼樣的風景，我都希望妳跟我一起看見。」

落在臉上的櫻花，感覺起來彷彿是不自覺的眼淚滴了下來。

一芳姊姊因為內心受到的感動而無法開口說話。

「我會學著不再那麼軟弱，請妳繼續留在我身邊。」高慧姊握住了一芳姊姊的手，雙手交握的時候彼此都感到十分溫暖。

因為這份溫暖，淚水真的流了下來。

還是想要試著努力看看，兩個人都各退一步，學著珍惜彼此。

——明年春天，我們再來看櫻花。

於是做了這樣的約定。

約好了一起看櫻花。

曾經交握的雙手始終記得那份感染了情緒的溫度，約定也一直沒有遺忘。

然而，畢業以後的一芳姊姊投入工作，錯過了一年的花季，然後又一年。在錯過第四次花季的那一年夏天，也就是去年，高慧姊過世了。

——我虧欠高慧太多。

在車上，一芳姊姊再次對尚彤說了這句話。

知道事由以後，尚彤感覺到答案已經揭曉了。

高慧姊為什麼這個時間點來呢？為什麼是櫻花？

一定是因為過了整整一年卻還惦記著這個約定吧。

平穩向前行駛的汽車，外頭下著細雨。

黑夜裡細雨被高速公路的路燈染紅，尚彤瞇著眼睛，紅融融的雨滴點點，看起來像是櫻花。

阿里山名聲響亮，其實沒有名為阿里山的一座山峰，位於嘉南平原的東邊山區統稱為阿里山山脈，然後境內建設著全台灣滿水位面積最大的曾文水庫。

這個無用的冷知識，輕巧地從尚彤腦海裡閃現又消逝。

那大概是因為，尚彤和一芳姊姊正在前往曾文水庫的山區路上。

她們要去找夏季的櫻花。

繡球櫻花。

全年盛開，以夏天為主要花期，是台灣特有的珍稀品種，繡球櫻花因為人為培植，只在曾文水庫附近的一座農園得以看見。

多瓣、鮮紅色，盛開時集結成繡球狀的繡球櫻花，儘管與吉野櫻、八重櫻的姿態大不相同，但千株繡球櫻花一起綻放的此刻，那份美麗絕對不會有絲毫遜色。

知道繡球櫻花純粹是一個巧合。

讀書的同時總是看著電視，當初尚彤聽到「全年常開的櫻花」這樣的字句而留意了一下，並沒有想過要親自一探究竟，也因此不記得那是生長在何處的櫻花。

花了一點時間搜尋、進行確認，知道明確地點是傍晚的事情。

從尚彤家出發到曾文水庫山區需要四個鐘頭左右，為了確實能夠趕上九點鐘，姊妹兩人幾乎是不及細想就飛車直驅南台灣。

——會解決的。

有生就有滅。

已經不屬於這個世界的高慧姊，圓滿了心願以後就會離開。

「嗯，不要擔心。」

一芳姊姊的聲音從旁邊傳來。
她正對著手機那一端的文純姑姑說著安撫的話語。
「可以的，今天就會解決。」
停了車以後，受到管制的區域必須徒步進入。
尚彤亦步亦趨地跟在一芳姊姊身後。
雖然並不清楚文純姑姑回應了什麼，但一芳姊姊似乎非常平靜。
「……這裡的櫻花也很漂亮，沒有問題的。」
當一芳姊姊腳步停下來的時候，尚彤移動遮蔽視線的雨傘，眼前豁然展開了一片深紅色的櫻花林。
錯落的照明燈點亮了細雨與櫻花。
是的，非常美麗。比想像中更加美麗。
因為太美麗了，尚彤心頭竟然浮現了那張鉛筆素描畫。
——人生無常，生死逼迫，在已經維繫得很困難的人生中，這個人卻還是只顧著貪戀眼前的蜂蜜，而沒有意識到自己的險境。
雨不斷的下著。
鞋子與褲管都沾滿了泥水，但是只要眼前這份美麗存在著，就會讓人眷戀而不忍離去。

尚彤忽然能夠體會高慧姊的心情了。

只是，即使如此也不應該停留在此地。

就算千卉說這一端和那一端並沒有分別，但那只是妖怪事不關己的風涼話而已。

「……會來嗎？」

「會喔。」

不知道什麼時候一芳姊姊已經結束通話，櫻花樹下，兩人不自覺地重複了與過去相同的對話，只是給予答案的人這次是尚彤。

會來的。

然後，這一次高慧姊會在圓滿願望後真正離去。

——因為家學淵源。

高慧姊已經親口說出願望。尚彤很清楚，只要能夠達成，她就會離去。

用千卉的話說，就是斬斷促使高慧姊返回現世的生命能量。

儘管有點殘酷，可是一次只能考慮一個人的話，對尚彤而言，還是活在自己身邊的一芳姊姊比較重要。

「如果沒下雨的話，今天會看見月亮嗎？」

一芳姊姊與其說是詢問，不如說是喃喃自語，「那一天也看不見月亮。」

「再過兩天就是滿月喔。」

儘管一芳姊姊並不是想得到答案，尚彤還是回答了。

而得到答案的一芳姊姊露出了微笑。

「那麼，或許高慧也希望今天沒有月光吧。我看見她的時候會不會感到害怕呢……她可能是這麼想的，不想看見我恐懼的表情。這樣的話，還是不要有月光比較好。」

「一芳姊姊會害怕嗎？」

「……也許會喔。」

輕輕地這麼說著，一芳姊姊說完以後就陷入沉默。

尚彤靜靜地看著眼前的一切。

綿密的細雨讓這一切看起來像一場夢。

不。

說不定這真的是一場夢。

不知何處傳來了清脆響亮的鳥鳴聲，短促的兩聲像是報信的門鈴。

九點了。

泥土地面飽滿著雨水，無人的櫻花林裡響起輕輕的腳步聲。

在林道的那一端，緩緩走過來的人是高慧姉。

她還是穿著那件一芳姉姉送的襯衫，臉上帶著溫柔的微笑。

細雨淋溼了高慧姉的頭髮和肩膀，讓她的笑臉看起來有點狼狽和靦腆。

尚彤看見一芳姉姉從雨傘下奔了出去。

在高慧姉尚未走近以前，一芳姉姉已經走到她的身前。

一定是跟高慧姉一樣始終記得雙手交握的溫暖，那個總是嚴謹自持、前一刻還說著或許會感到害怕的一芳姉姉，向高慧姉伸出了雙手。

——說不定這真的是一場夢。

或者說，如果只是一場夢就好了。

一芳姉姉與高慧姉，那雙想要緊緊相握的手，完全無法碰觸到彼此。

雨不停地下著。

這段時間以來，不，一直以來，尚彤從來沒有在高慧姉的臉上看過那麼懊喪的表情。

雨水匯聚在高慧姉的髮梢然後向下滴落，但她反復嘗試，無論幾次也沒有辦法碰觸到一芳姉姉。

懷抱再多感情，因為割捨不了深深的眷戀而來，卻還是無法握住一芳姉姉的手。

高慧姉面露痛楚，身軀搖晃而膝蓋彎曲，最後頹倒在地，雙手像是要摀住流淚的眼睛似的掩在臉上，全身都在顫抖。

一芳姊姊也哭了。

雖然分不清雨水或者淚水，一芳姊姊確實哭了。

同樣數度伸出手想要環抱高慧姊發抖的肩膀，一芳姊姊也是始終無法觸及高慧姊。

——我明明是鐵石心腸的人不是嗎？這樣的我也哭出來的話，高慧一定會擔心的。

虛弱的說著這種話，直到高慧姊告別式的時候都沒有流淚的一芳姊姊，此刻眼淚卻無法克制地奪眶而出，到最後嚎啕大哭起來。

如果只是一場夢，一定就不會如此的感到悲傷。

然而，不知道為什麼，忽然間充滿了尚形內心的情感是憤怒。

只要取下項鍊，儘管再不願意尚形也一定可以觸摸到千卉或者高慧姊。

即使是幾秒鐘也好……

即使是很短暫的溫暖也好。

尚形在心底吶喊著。

神啊！拜託祢在這一刻給一芳姊姊這樣的力量。

九點零三分。

細雨仍然下個不停。

高慧姊消失了。

向來拘謹紮起的長髮因為雨水而凌亂地貼在一芳姊姊的臉上，高慧姊走了以後，一芳姊姊一句話都沒有說。

雨水打落了些許盛開的繡球櫻花，因水分而低垂的櫻花，此刻看起來也十分悲傷。

回程的路上，尚彤跟一芳姊姊一樣保持著沉默。

……那張鉛筆素描畫。

尚彤想起來了。

高慧姊送給她那張素描畫的時候，對她微笑說「如果是彤彤的話，也許看得懂」，而在那之前還有一句話是，「人生無常，世界的本質就是虛空。」

世界的本質就是這樣，有生就有滅，開始然後結束，萬物到頭總是空，循環不斷無盡如雨，以為可以永遠嚐到蜂蜜那就錯了。

那幅素描畫只要做了解釋，無論是誰都能夠看得懂。

然而，知道全部都是空、全部都是沒有意義的，心中就能解脫嗎？

人類無法輕易放棄心中的眷戀，即使會說出「世界本質是空」這種話，高慧姊也還是以那樣狼狽的姿態，想要實現一個微薄的願望。

尚彤心中閃過了一芳姊姊在深夜裡對她說的那些話。

——妳覺得人生的意義是什麼？

——就算知道人生沒有意義，人還是會肚子餓，還是需要過生活。要怎麼把現實活好，這是我唯一能掌握的事情。

一芳姊姊收拾行李準備回家的時候，已經能夠以冷靜的表情說著，「這段時間謝謝妳了，彤彤妳真的很厲害。」

厲害的人，其實是一芳姊姊。

在今天過後，如此堅強的一芳姊姊，一定會勇敢地面對未來。

尚彤卻感到無力了。

盈滿胸口的，只有悲傷而已。

……我只是普通人啦。

只是一個被奇怪的妖怪所玩弄的普通人。

儘管已經深夜，一芳姊姊卻在送尚彤回家以後決定返回自家。或許是因為想要獨處吧，而在那之後，尚彤毫不懷疑一芳姊姊會振作復原的可能性。

汽車聲遠離以後，尚彤在二樓的房間正中央看見千卉。

一身跟尚彤完全相同的穿著打扮，千卉面帶微笑，「歡迎回來！」

這一定是千卉的惡作劇。

四年前，也就是十二歲，升上國中的那一年的事情，千卉也這樣欺負過她。

——花了再多的力氣，這一切都仍然只是水中之月。

儘管非常美麗，但是無論如何也無法保留。

人生到頭總是空，我們到底可以留下什麼？

根本什麼都留不下來。

送往迎來，出現然後消失，人生就是薛西弗斯的神話。

人類被上帝所拋棄，像是遭到諸神所懲罰的薛西弗斯，把巨石推上山又復滾下來，石頭日復一日用一樣的節奏上山，滾落，上山，滾落。

一切有為法，如夢幻泡影，如露亦如電。

無論有形無形，世間萬物都只是一夜幻夢，是堆砌卻易碎的泡沫，是天亮便了無痕跡的露水，是一閃即逝的雷電。

苦難永不止息的人生，到頭來竟然是沒有意義的。讓十二歲的小孩發現所有的努力都只是徒然，世界沒有任何意義，實在太過分了！

「……為什麼要對我這麼做？」

如果注視著現實，如果專注在蜂蜜的甜美上面，或許就不會因為這份巨大的空虛感而痛苦，被絕望所擊倒。

「萬物到頭來總是空，出現的一切都只是暫時存在，這樣想下去的話，忍不住就會覺得人生沒有意義。」

被上帝所拋棄以後，察覺到人生的毫無意義，尚彤感覺再次被人類夥伴所拋棄了。課業、金錢、美味的食物……所有人追逐的目標中，她感受不到任何一樣是具有價值的，剩下來的只是「生存」這件事情而已。找不到活著的意義，也找不到死去的理由──這份感情不會為任何人所理解，因而更加孤獨了。

尚彤哭了出來。

「為了逃避絕望，只好努力讓自己擁有跟別人一樣的目標，考大學，考英檢，未來要找到好工作──只要跟其他人擁有一樣的煩惱，我大概就不會胡思亂想了吧，在妳回來以前，我一直是這麼想的。」

眼淚盈滿了眼眶然後無法克制地向下滑落，因此也看不清千卉了。

「可是我知道，就算我努力讓自己跟別人擁有一樣的煩惱，也還是做不到。因為妳的緣故，我沒有辦法停止這個想法。這個世界除了痛苦以外沒有任何意義，除了痛苦以外什麼也無法得到。就算知道一切都會消失、都會回歸無形，可是這樣還是無法從痛苦中解脫。」

……為什麼要對我這麼做？

為什麼要讓我察覺這麼殘酷的事實？

因為巨大的悲傷而無力頹倒，尚彤覺得胸口都快裂開了。

「人類就算付出再多的感情，最後還是什麼東西也沒辦法留下來……體認到這件事情以後，未來只能懷抱著空虛活下去……」

「小彤……」

「拜託妳，什麼都不要說了。」

千卉湊到尚彤身邊緊緊挨著她的肩膀，但是尚彤只是虛弱地哭泣著。

「只要妳在我身邊一天，我就會不斷被提醒這件事，而感到非常悲慘。」

就像高慧姊深深的眷戀仍然無法挽回任何事情。

出現，然後消失。

這一切都是水中之月，沒有人可以留住任何東西。

「……所以，拜託妳趕快走吧，不要讓我再這樣悲慘下去了。」

曇花一現。

她看過曇花在一個夜晚裡從生到死的開落。

開落是那樣短暫，綻放到凋零都可以目視花瓣微弱的顫動。

如果太過關注這份美麗的話，就會為這份美麗的凋零而心痛，因此她努力把目光放在現實之中，想要藉此避免這樣的痛苦。

然而，已經體會過的悲傷深植在心靈之中，

從那一刻開始就無法忘懷。

伍、花之夢

七月五日。

尚彤清早起來，直到傍晚都沒有看見千卉。

或許真的離開了。

花兩個小時泡開乾香菇和乾木耳，與紅蘿蔔一起切成小丁。挑兩條雞里肌，細細地切碎成雞茸。只有在這種時候，瑣碎的工作尤其讓人感覺安心。

晚餐是費時的雜燴粥。先爆香堆得高高的蔬菜小丁，加鹽翻炒，然後注入冰箱裡儲放的柴魚高湯，等湯水沸騰，加入冷凍白飯拌勻，闔上鍋蓋。

鍋子咕嚕咕嚕地發出聲音。

雞茸熟得快，要最後放。尚彤默默推演著雜燴粥的每一個步驟。起鍋前淋一匙醬油，灑胡椒粉。

整棟房子除了咕嚕咕嚕的沸騰聲以外，一片靜默。

可是，這樣比較好。

雖然再一度看見了那個空虛的真相，但只要願意的話，還是可以用盡力氣強迫自己注視著蜂蜜，嘗試以甜美麻木感官。

就像一芳姊姊說的那樣，即使知道人生沒有意義，人還是會肚子餓，還是需要過生活。對活著的人來說，接受事實是唯一的路。

尚彤呢喃著對自己說道。

我只是一個普通人。

——理想是考上好的大學，希望除了對現實有幫助的事情以外都不要煩我。我就是這樣充滿執念的凡夫俗子。

無論智商或體能，所有一切都在平均值以內，體型中等，外表中等，所謂的專長是邊看電視邊玩電腦邊讀書，簡單說就是不上不下的普通人。

對普通人來說，想要好好度過人生的話，最好的狀態就是這樣。在父母出差的時候，沒有妖魔鬼怪、牛鬼蛇神的陪伴或騷擾，而是獨自一個人享受安靜的白天與夜晚。

瓦斯爐熄了火以後，萬籟俱寂。

餐桌上只有湯匙與碗相碰的聲音，聽起來有點孤單。

可是，這樣比較好。

在千卉出現以前都是這樣的。

爸媽的副業使他們不時出差外地，年紀更小的時候會因此而流淚，隨著年紀增長，大概是小學畢業以前，習慣了就覺得並沒有那麼難以忍受。

一個人煮飯，一個人吃飯。

只要電視開得很大聲，就覺得不是孤單一個人。

同時，線上遊戲總是非常熱鬧。

尚彤也擁有班上大多數同學的網路即時通訊帳號和社群網站帳號，在那裡大家開心地談論著許多瑣碎的、沒有邊際的話題。

等到無法忍耐那份空虛以後，就逃遁到各式各樣的奇怪書籍裡面。

多得是辦法消磨時間。

只有一個人的下午，這一天尚彤全副心力放在書房的壁繪草稿上面。臥室是山茶花圖案，書房於是選擇了很接近的杜鵑花。畫圖的時候腦袋一片空白，所以時間好像也流逝得比較快。

永不止息的薛西弗斯的石頭，上山，滾落，一天又過了。對活著的人來說，接受事實是唯一的路。所以明天開始，依然要努力把石頭推上山頭。

星期一要上游泳課。

只要明天跟那些朋友們見面、嬉笑，聊聊喜歡的音樂，偶像，或者功課，就能夠再次關注現實。七月游泳，八月暑期輔導，九月開學，時間很快就會過去。

吃飽後洗好餐具，尚彤把塑膠野餐墊鋪在天井正中央，然後躺下來看著差一點點就圓滿了的月亮。

今天沒有下雨，天氣卻很涼爽。

從這個角度可以看見三樓透天厝的屋頂。

明天就是農曆十五日。尚彤心想，滿月夜的亥時，好雨明天還會來嗎？

月亮，好雨，也有一天會消失。

可是在人類短暫的生命裡，這已是接近永恆般的存在。

潮起潮落，月圓月缺。

在空虛的本質之外，尚彤努力想要純粹地注意到這份美麗。如此一來就可以麻痺自己。

……我只是一個普通人。

催眠般地對自己說著，尚彤開始有點睏了。

然而，就在快要睡著之際，屋裡的電話響了起來。

會是誰呢？

走去接起電話以前，尚彤留意了一下手錶上的時間。

九點零三分。

事情並沒有結束。

九點鐘的時候，一芳姊姊家的門鈴仍然響了。

固定在星期天晚間收看一部假日影集，門鈴響起來的時候，文純姑姑和念中姑丈正好待在客廳。

如果說是客人在這個時間拜訪的話，未免巧合得太過分。

因為門鈴聲而身體僵硬，文純姑姑和念中姑丈無法動彈地注視著大門。

然而大門口並沒有看見高慧姊走進來的身影。

——由於連日折騰而提前就寢，應該已經睡下的一芳姊姊，不知道什麼時候醒過來並且走進了客廳。

套著休閒外套和牛仔褲，一芳姊姊的穿著並不像睡衣。

「一芳！」

眼看著一芳姊姊即將走向大門，姑姑和姑丈同時出聲阻止了她。

「不要開門！」

因為父母的聲音而停下腳步，一芳姊姊轉過臉來以後，對他們露出了苦笑。

那樣的笑容似曾相識。

明明帶著微笑，看起來卻十分悲傷。

為什麼會露出跟高慧姊一樣的表情呢？

儘管內心為那樣的表情受到震懾，但並不能因此放著不管。

然而，就在下一瞬間，一芳姊姊消失了。

到底發生了什麼事？

一切都令人感到混亂不已。

在文純姑姑以電話求救並轉述這個過程的同時，念中姑丈發現一芳姊姊仍然安睡臥房，將她喚醒以後，一芳姊姊說她一點印象也沒有。

文純姑姑中途離開確保一芳姊姊安好，想必是緊繃與恐懼的緣故，又轉回來向尚彤顛三倒四的說了半小時電話。過去不曾聽聞過的事情一口氣從話筒另一端傾倒出來，讓尚彤腦袋發脹。

——高慧姊並沒有離開。

再這樣下去，一芳姊姊可能會被帶走。

試圖連繫爸媽或者尚楹哥哥，卻發生了兩邊都連繫不上的狀況，而且到千卉已經離開的這個時候，就算想要求援也做不到了。

可是光是煩惱也沒有用。

尚彤把手機拿出來，重新整理了所有情報。

【七月三日】

1．高慧姊是為了一芳姊姊來的。（她真正的心願到底是什麼？）

2．高慧姊的形體愈來愈清晰。（什麼因素改變她的形體狀態？）

3．條件到齊以前事情不會發生。（會發生什麼事？）

4．一芳姊姊看不見高慧姊。

結論？

【七月五日】

1．高慧姊想跟一芳姊姊一起看櫻花，但心願圓滿以後並沒有離開。

2．也就是說看櫻花並不是高慧姊真正的心願？

3．或許高慧姊的心願是可以再一次碰觸到一芳姊姊？

4．高慧姊隨著時間力量會變強，最後會帶走一芳姊姊？

結論？

根本不可能有什麼結論。

該怎麼阻止這件事？

尚彤完全沒有頭緒。

心裡總覺得快要察覺真正的答案了，但還是無法看清真相。

這一天，流入室內的皎潔月光非常美麗，尚彤卻度過了一個因煩惱而無眠的夜晚。

「……快點來啦。」

即使心裡相當不甘願，尚彤還是承認了，現在只剩下千卉能夠解決這件事。

吸取山林草木的精氣維生，一定要歸類的話，尚彤心想，千卉是山神或者土地神這樣的存在。

如果一芳姊姊來到祖厝這邊，千卉一定能夠保護她的。

尚彤對此並不懷疑。

——有求於千卉的話，最好是用茉莉、含笑之類的白色香花。

茉莉的花季是春天，含笑是冬天最盛放。如果不是七月的現在，而將時間再稍微推早一點的話，院子裡種的梔子花今年開得非常美麗。

無心上游泳課而請了假，尚彤到花店買回一把白色品系的香水百合。

「妳真的很討厭耶。」

把百合花仔細地插在花瓶中，擺在房間的正中央，尚彤喃喃自語著。

就算我拜託妳，快點來吧。

只要千卉現在出現，尚彤一定二話不說把項鍊拿下來，她已經有了覺悟，即使被玩弄也無所謂。

可是，尚彤並沒有把握千卉會因此前來。

不，更確切的說，獻花要求千卉予以回應，這種事情尚彤根本不抱期望。

前一天才翻臉不認人，遇到無法解決的困難時就見風轉舵——撇開這一點不說，尚彤也早在很久以前就對千卉絕望了。

即使嘴上經常掛著「最喜歡小彤」這樣的話語，千卉還是徜徉於自己世界中的神怪。她想來就來，想走就走。

……事到如今還做這種無謂的舉措，只能說是狗急跳牆。

千卉根本不會理我。

就算湊齊所有她最喜歡的花卉，一定也沒有任何用處。

「而且香水百合也太俗氣了。」

尚彤以手指撥弄著花瓣。

記憶中，千卉偏愛的是那種細細小小的白色香花。

——現在妳還想自己解決嗎？

千卉當時是這麼說的吧。

可惡。

我已經投降了啦。

尚彤挫敗地把臉埋進了掌心裡面。

晚上七點，一芳姊姊一家三口都到齊了，大家草草地吃過所有人都沒有什麼胃口的晚飯。千卉，仍然沒有出現。

白天的時候，文純姑姑、念中姑丈已經帶著一芳姊姊去了其他宮廟和法師那邊做過法事，因為聽命行事，一芳姊姊身上戴著三、四個護身符，似乎也喝了什麼奇怪的符水。

那些不知道有沒有效果的東西，尚彤不敢保證，但是……

「只要戴著這個項鍊，高慧姊就沒辦法對妳做什麼事。」

尚彤把隨身配戴多年的項鍊解下來，掛到了一芳姊姊脖子上。

文純姑姑和念中姑丈神情焦慮，一芳姊姊卻是平靜無波的臉色——或者說，對於沒有得到高慧姊的原諒，一芳姊姊似乎已經有接受「懲罰」的心理準備了。

……可是那種事情我不會讓它發生的。

以羊脂白玉為素材，隨身配戴的這個瑞獸銜環項鍊，是尚彤家這一房隨著繼承祖厝，共同流傳了許多世代的玉珮。奇怪的體質似乎是隔代遺傳，比起嫁入林家的媽媽，真正繼承血緣的爸爸並沒有靈通，尚彤出生以後，阿公就將這塊玉珮送給了她。

具有強大的守護能量，戴著項鍊的時候幾乎可以說是百毒不侵。

「再過幾天，爸爸媽媽就會回來，在這之前先戴著，而且待在這裡的話，林家的公媽祖先就會庇護一芳姊姊，我們一起撐過這段時間。等高慧姊來了，我會再問她一次到底來這裡是為了什麼。」

「……嗯。」

一芳姊姊微笑著點頭。

尚彤心想，為了守護這樣的笑容，絕對不能讓高慧姊繼續任性下去了。

這份心情沒有半點虛假。

家學淵源使然，尚彤對於能夠安然度過今天也沒有絲毫的懷疑。

可是，事情並不如願。

——大家專注地盯著客廳的掛鐘，然而指針走到八點五十五分的時候，室內突然一暗。

會是停電嗎？然而來不及細想。除了尚彤以外，一芳姊姊一家三口都陷入了昏迷。

尚彤在一瞬間想起來，客廳的掛鐘慢了五分鐘。

可是，似乎因為停電的緣故，此刻門鈴並沒有響起。

而與倒在地上的身體相對，一芳姊姊有另外一道身影站了起來。

休閒外套與牛仔褲，像是前一天晚上文純姑姑所描述的穿著。倒在地板上的一芳姊姊，項鍊與各種護身符仍然沉靜地躺在她的胸口上。

直起身子以後毫不遲疑地向外走出，一芳姊姊臉上的表情是那樣堅毅。

「怎麼會……」

尚彤追上去，開了大門以後看見兩道彼此擁抱的身影。

那一年，一芳姊姊和高慧姊相互依偎的背影，彷彿融化在黑暗之中。

這一刻的黑暗夜色裡，就像當年一樣寂靜得宛如全世界都已毀滅。

——只要戴著這個項鍊，高慧姊就沒辦法對妳做什麼事。

怎麼會這樣？

怎麼會這樣？

打從一開始就弄錯了。

「我一直後悔沒有對妳坦率說出這句話……」一芳姊姊輕聲地說道，「認為我們一定心意相通，許多話不必說出來也沒有問題，可是這果然只是我的傲慢。」

在高慧姊的懷裡，一芳姊姊露出了美麗的笑容：

「對不起，我從來沒有對妳說過……在這個世界上，我不能沒有妳。」

高慧姊為什麼這個時間點來呢？為什麼是櫻花？

條件到齊以前事情不會發生。但什麼叫作條件到齊了？

已經逝世的人，通常沒有足夠的生命能量可以返回現世。

生命能量的來源不會無中生有。

高慧姊的形體是漸進的變化，從無形到有形，從無法言語到可以行走在陽光底下。

最早的時候一芳姊姊甚至看不見高慧姊，看到高慧姊以後無法與她接觸。

所以，才會演變到今天這樣嗎？

1．高慧姊想跟一芳姊姊一起看櫻花，但心願圓滿以後並沒有離開。

2．也就是說看櫻花並不是高慧姊真正的心願？

3．或許高慧姊的心願是可以再一次碰觸到一芳姊姊？

4．高慧姊隨著時間力量會變強，最後會帶走一芳姊姊？

結論？

結論是高慧姊的來到，關鍵並非高慧姊，而是一芳姊姊。

高慧姊的失蹤到死亡，到今天已經一年了，從最初的緊張、擔心、絕望，到接受，所有人都已經回歸平靜，回歸正常的生活。一芳姊姊似乎很早就接受了這件事，工作上表現穩定，平日生活也看不出半點異樣。

可是一年後的如今，門鈴響起時，對著空無一人的庭院，一芳姊姊還是喊出了高慧姊的名字。

如果是外來的力量，項鍊會守護著一芳姊姊。但如果是一芳姊姊自己的期望呢？

——明年春天，我們再來看櫻花。

這其實是一芳姊姊的願望。

電光石火間，尚彤腦中閃過了今晚的餐桌，只有一芳姊姊沒有用餐。

與過去相比似乎瘦了一點，但因為眼底的神采而不覺有異，然而，一芳姊姊是不是很久沒有吃過東西了呢……？思緒往前回溯，相處的這幾天，尚彤卻連一芳姊姊沾一口食物的印象都沒有。

表面沒有任何異樣，內心仍然是深受影響。
儘管沒有說出口，可是真正自私的是人。
最多眷戀的，也是活著的人們。

——也有其他傳言，又更不好聽就是了。
尚楹哥哥曾經這麼說過。
究竟是什麼樣的傳言呢？
關於這件事，尚彤從另外一個地方獲得了解答。
那是前一晚電話裡，文純姑姑一口氣傾倒而出，導致尚彤頭昏腦脹的話題。
無論在誰來看，一芳姊姊和高慧姊都是親密摯友。
不但是學姊妹的交情，很快成為共同租賃公寓的室友。
據說家族世代都是吃這行飯，高慧姊大學時代就經手小型規模的骨董買賣。存貨塞滿公寓的公共空間以後，甚至是高慧姊的個人房間也堆滿商品，到了不得不去跟一芳姊姊擠一張床的地步，一芳姊姊仍然沒有怨言。
作為父母，文純姑姑卻沒有辦法完全釋懷。
並不是心疼女兒的生活品質受到委屈，因為與之相對，高慧姊不但負責公寓的清潔打掃，只要人在公寓的日子，一定包辦兩人的三餐烹飪。過於投入於課業和未來事業發展的一芳姊姊，也毫無歉疚之情的接受了高慧姊的體貼照顧。

無法釋懷的是，這樣如姊妹般親密無間的關係，難道在學伴、室友、摯友之外，並沒有其他的感情嗎？

「……我們觀察了很久，又覺得，或許不是別人說的那回事。」

文純姑姑電話裡是這麼說的。

流言蜚語甚囂塵上的那陣子，姑姑與姑丈經常沒有事前通知便前去拜訪。無論怎麼看，都沒有特殊之處。

不管是身處公寓還是陳家，兩個人在一起的時候，默契十足而宛如心意相通，各做各的事，不說話也能夠相處半天。

「可是現在又是怎麼回事呢？為什麼有這麼深的執念？」

尚彤無法回應文純姑姑的疑問。

可是，這個世界上或許只有尚彤理解，一芳姊姊和高慧姊不只是學伴、室友、摯友、姊妹，沒有一個名詞可以涵蓋這個關係。

在那個細雨飄零的傍晚，輕聲說著「最好現在就是世界末日」的高慧姊，以及對這番話語回應以溫柔擁抱的一芳姊姊。那一瞬間，肯定是彼此心意相通吧，所以沒有發笑，也沒有哭泣，而是雙方同時體悟到絕對無法失去對方，恐懼之情油然而生，不禁將對方視若珍寶般地緊緊擁入懷中。

那並不是學伴、室友、摯友、姊妹之類的名詞可以說明的關係，可是真正說起來卻又純粹簡單——就是無可取代的，重要的人。

——對活著的人來說，接受事實是唯一的路。

一芳姊姊總是這麼說。

會口口聲聲說想要面對現實，正是因為內心還有無法放下的包袱。

……我跟一芳姊姊果然很像。

尚彤忍住眼淚。

——妳們擅自想走就走，想來就來，造成我們很多困擾了，妳知道嗎？

——妳又知道為了忘記妳們，我們花了多大的力氣嗎？

高慧姊的動力來源其實是一芳姊姊對她的思念。

那麼千卉呢？

……或許，是因為我的這份眷戀吧。

第一次遇見千卉，是尚彤七歲的時候。

爸爸媽媽再度出差的春天，家族的某個嬸婆來家裡協助照顧，尚彤內心還是感到非常寂寞。

學校同學間流傳著找到名為幸運草的四葉酢醬草、就可以實現願望的傳說，於是尚彤四處尋找四片葉子的酢醬草，暗自祈禱父母不要總是出差。

「比起那種奇怪的葉子，我比較喜歡新鮮、充滿香氣的花，像是桂花、含笑、七里香或者茉莉之類的。」

那一天，在祖厝後面的山林裡，坐在樹梢的千卉對尚彤這樣說道。

說著這種話的千卉，周身也縈繞著桂花的香氣。

「幸運草什麼的，祈求實現願望的對象應該是我吧？既然如此，要配合我的喜好才對。」

年幼的時候對許多妖魔鬼怪都感到恐懼，尚彤獨獨對千卉沒有這種感覺。

一定是因為千卉看起來非常美麗。

宛如清純少女的臉蛋上，那雙碧綠的眼睛卻有著古老的色澤。

從第一次與千卉邂逅，尚彤年幼的心靈就為千卉眼中那份純粹的山林之美深深撼動。跟千卉在一起的每一天，都覺得非常幸福。

儘管體溫冰冷，然而每當千卉撫摸尚彤的頭髮與臉頰，就會令人從內心開始感覺溫暖。沒有人的夜晚，只要千卉在身邊，就一點也不感到孤獨與害怕。

她們一起躺在天井中央，肩並著肩看滿天的星光，看雲朵的變化。一起在山林裡散步哼歌，辨認尚未開花結果的各種草木。一起興致勃勃地種下曇花，仔細地把過程素描下來。

儘管年幼，尚彤卻總是滿腦子盤旋著奇怪的念頭。對於美的容易消逝感到哀傷，會對蟲魚短暫的生命而流淚，卻又對永恆的美抱持嚮往，微笑注視著月亮的每一次圓滿。這個世界上，只有千卉能夠瞭解她為什麼會對生命產生這麼多的困惑與感動。

無論智商或體能，所有一切都在平均值以內，體型中等，外表中等。如果列出數據，林尚彤這個人明明就平凡到極點。為什麼只有內心充滿無法對別人訴說的複雜情感呢？

只有千卉，能夠真正理解她的孤獨。

沒有任何一個名詞可以解釋尚彤對千卉所抱持的感情。千卉是同伴，摯友，是親密的手足，但沒有一個名詞可以完全涵蓋這份感情。

「妳說妳沒有名字？為什麼？」

「神佛本來無名，是人類為了方便才使神佛有了名字，其實取名沒有意義，很快就會被遺忘的。」

坐在高高的樹上，說著這種話的少女，近乎透明的臉龐因為超然的態度看起來有點冷漠。

她總是在山林深處的高樹上假寐，呼喚她的時候她才會慢吞吞的睜開眼睛，表情像是困惑自己為什麼會甦醒。

起先她就像她所在的高處一樣看起來不容親近。

「……那，我可以叫妳千卉嗎？」

「千卉？」

「因為妳是山神啊！千卉這個名字很像把各種樹木全部集合在一起的感覺，而且妳的眼睛，看起來就好像把一千種植物組合在一起的顏色。」

儘管是童言童語，但那時千卉首次露出了甜美的笑容。

陽光從樹葉縫隙篩落，照在千卉的臉龐上，那雙深邃的綠色眼睛看起來閃閃發亮。

「好，我以後就叫千卉，小彤可不要擅自忘記我了。」

「才不會呢！」

尚彤十分用力地向千卉如此保證著。

「我絕對、絕對不會忘記千卉的！」

「我也不會忘記小彤的。我很喜歡妳，只要妳需要我，我就會來找妳。」

如同這樣的話語始終縈繞在心頭，千卉好長好長的時間裡也總是攀著她的肩膀，輕巧地依偎在身側。

一改最初的冷漠姿態，千卉有如雪融以後解除冰封的春天芳草，不知道何時開始也會以撒嬌的口吻說著親熱的話語。有時候裝傻，有時候惡作劇，緊要關頭卻又出現值得信賴的可靠模樣。

那個一芳姊姊與高慧姊相擁，且天地昏暗寧靜得彷彿像是世界末日的傍晚，尚彤抬起頭來望著千卉的側臉，千卉果然在第一時間覺察她的視線而回以微笑。

那個甜美的笑容，明明是如此動人，令人心折。

千卉總是悠閒，自由，超脫世俗，令人為那份姿態而感到欽慕與嚮往。

然而，在十二歲那一年，尚彤卻也因此痛恨千卉這樣的笑容了。

「我會一輩子陪在妳身邊。」

明明給予這樣的承諾，千卉仍然在不久之後不告而別。

她畢竟是山神，傲然自在，隨興來去。

——花了再多的力氣想要留住，這一切都仍然只是水中之月。

十二歲國小畢業的夏天，因為父母出差的寂寞，加上夜晚看見栽種了多年的曇花一夜開落，尚彤終於忍不住偷偷流下眼淚。

那時，千卉將冰冷的手放在尚彤肩膀上，輕輕地親吻了尚彤的臉頰。

「我會一輩子陪在妳身邊，所以不要難過了。」

明明就說過這種話⋯⋯

尚彤國中開學以後，忽然間再也找不到千卉了。

房間，天井，山林，屋頂，所有千卉經常出沒的地方全部都找過了。

從國中開學典禮回來，尚彤特地買的野薑花原本是要送給千卉的。

可是千卉消失了。

那一天晚上，尚彤徹夜等著千卉，但並沒有等到她。

買來的那一束野薑花維持了七天才凋零。

尚彤連續買了兩個月，可是期間千卉始終沒有回來過。

⋯⋯野薑花明明也很香。

夜晚沒點燈的房間裡，只有月光照亮了白色的野薑花。

⋯⋯妳不是說喜歡花嗎？

尚彤在無燈的房間裡凝視著野薑花。

⋯⋯還是說一定要那些花才可以？桂花、含笑、七里香與茉莉花。

可是這個時間點早開的桂花並不多。學校和通學途中也沒有看見哪裡種植著七里香和茉莉花。含笑則是要等到寒冬了。

……妳不是說需要妳就會來找我嗎？

人類就算付出再多的感情，最後還是什麼東西也沒辦法留下來。

尚彤可以清晰地回想起千卉甜美的笑容。

儘管非常美麗，但是無論如何也無法保留。

凝視著野薑花的眼睛，不知道什麼時候流下了淚水。

……妳不是說要一輩子陪在我身邊嗎？

騙人。

千卉妳這個大騙子。

每一次千卉消失，總是要等好長一段時光才會再度遇見她。

出現的時候，又一副理所當然的無辜模樣。

尚彤在追著一芳姊姊出門的那一瞬間，含在眼眶裡的淚水掉了下來。

當時一芳姊姊是怎麼說的？

——我總是做一些很笨的事情，沒有看清楚自己的心。彤彤妳跟我很像，所以未來多試著了解自己的感情比較好。

什麼嘛，就算做到這種事情又能怎麼樣？

上一次是十二歲，再上一次是十歲，最早是七歲。一直以來千卉總是說來就來、說走就走。相聚的時間並不長久，可是尚彤始終相信著千卉的諾言。

……在生命漫長的千卉眼中，所謂的時光流年可以一擲千金，而我短暫的生命一定在某一天就被千卉錯過。

擅自消失了四年，十六歲的暑假第一天千卉又突然現身，因為內心的憤怒而打定主意不把千卉放在眼裡，但果然還是做不到。

即使到今天，還是無法忘記千卉。

——有形與無形，這一端和那一端，沒有哪一端比較好，或者比較差。生與滅是接連不斷相生的，就像是雨一樣，落下了以後又會回到大氣之中，反覆循環，沒有停止的一天。這個道理在陳一芳身上也是相通的。

說著這種話的千卉，想必也是把林尚彤看作總有一天會消失的東西而已。

可是對尚彤來說，千卉卻是這個世界裡無可取代的、重要的人。

要痛恨的不是千卉的美麗笑容，而是自身的軟弱。

尚彤心底有個聲音，那是一直想對千卉詢問的一句話，但因為這份軟弱而始終埋葬著連自己都不願正視。

分不清那是不是夢境。

但是，應該是夢吧。

六月將盡的時候，夢中那個夜裡的細雨像是櫻花飄落，倘若駐足不去，或許就會被落花所淹沒。

一芳凝望著站在落花中的高慧，而她露出淺淺的微笑，轉身之際就消失了。

那一瞬間她就明白了。過了那麼久，她片刻也沒有忘記高慧。

——為什麼是櫻花呢？

她模糊的想著，但因為眼前美麗的櫻花而無法開口詢問。

今年的氣候亂象，讓阿里山的櫻花在初夏時又短暫地綻放了。

第一個是台灣山櫻花。

高慧曾經笑著細數花期。

然後是千島櫻。

吉野櫻。

富士櫻。

八重櫻開完以後，就是夏天了。

曾經許諾過要在春天一起看櫻花，但因為自己的愚蠢而始終未能實現。

她獨自去了阿里山，凝望著落櫻而無法離去。

因為這份美好，駐足不去而被落花所淹沒也無所謂。

——所見所視的世間萬物，只是過眼雲煙。

高慧總是這樣告訴她，有形的物體終究要回歸無形，櫻花在最美的時候就會凋零。

沒有錯。

萬物到頭總是空。

可是，即使能夠瞭解一切只是過眼雲煙，內心的眷戀卻仍然無法輕易釋懷。

是不是因為這份眷戀太深呢？高慧真的來了。

綿密的細雨讓這一切看起來像一場夢。

倘若努力穿越雨幕的話，肯定就能夠清醒過來。

清醒是必要的，過去的她一定毫不猶豫地往現實走去。

可是這次她猶豫了。

雨幕的另一邊，會比這裡更美好嗎？

人生就如曇花一現。

她看過曇花在一個夜晚裡從生到死的開落。

開落是那樣短暫，綻放到凋零都可以目視花瓣微弱的顫動。

如果太過關注這份美麗的話，就會為這份美麗的凋零而心痛，因此她努力把目光放在現實之中，想要藉此避免這樣的痛苦。

可是怎麼辦呢？已經體會過的悲傷深植在心靈之中，從那一刻開始就無法忘懷。

這一切都是水中之月，沒有人可以留住任何東西。

確實是這樣沒有錯。

如果萬物留不住，就讓生命像落花一樣隨之而逝吧。

陸、夢之花

「……我們去看櫻花。」

一芳姊姊在高慧姊伸手揩去她臉上的淚水時，輕聲說道。

「不是繡球櫻花，也不是任何地方的櫻花，我們去看當初約定好的，阿里山的櫻花。」

滿月的光華照亮庭院。

一芳姊姊和高慧姊看起來都是那樣寧靜與滿足。

掉著眼淚的一芳姊姊，面帶微笑的高慧姊，再也沒有露出悲傷的眼神了。

深深心繫的人過世以後，即使是妖怪或幽靈都好，希望能見她一面。

……不。為了能夠見到那個人一面，得以再度與她相會，所以反而強烈地期望對方是妖怪或者幽靈。

只要可以再見一面，不管是用什麼面目來到眼前都好。

對一芳姊姊而言，高慧姊就是這樣的存在。

儘管可以體會這樣的心情，站在尚彤的立場，卻沒有辦法就這樣放任一芳姊姊離去。

千卉也好，一芳姊姊也好，一定擁有各自的理由才會有這樣的行動，尚彤並不是不明白。然而就算腦袋可以理解，內心所感受到痛苦卻不會因為理解而減輕。

自私的、任性的一直是活著的人們。

「一芳姊姊！」

尚彤叫住了她們。

「不要走！」

——神仙、妖怪、鬼魂、人類種種說法都只是文化意義，靈魂是我們獲取生命動力的核心器官，而維護靈魂持續存在的，在人類來說就是這個肉體。

當時千卉是這麼說的。

——靈魂的本質藉由軀體而呈現出來，而當軀體敗亡的時候靈魂就無法繼續存在。雖然聽起來是互生關係，可是真正的主宰還是靈魂，所以死亡是以靈魂而言的。

如果拋棄肉體、隨著高慧姊離開，那麼一芳姊姊會怎麼樣呢？

「就這樣走了的話，妳會死的！」

尚彤用盡全力地大聲喊出聲音。

「拜託想想姑姑，想想姑丈吧，想想我們會有多傷心好嗎？跟死去的高慧姊相比，難道我們的感情就不重要嗎？」

肯定是因為尚彤難得的失態，一芳姊姊為難地苦笑起來。

「對不起啊，彤彤。」

「不要在這種時候道歉啦……」

「妳知道嗎？為了好好的活著，我違背自己的心意，曾經做了很多讓自己後悔的事情。」

一芳姊姊苦笑著皺緊了眉頭，隨後又放鬆下來，取而代之的是堅決的神情。

「我並不是抱持著奔赴死亡的心態，不如說正好相反。因為過去顧慮著各種各樣的目光，最後卻徒留遺憾，現在的我，只是想完滿一個真正的心願。」

不要。尚彤幾乎想摀住耳朵。不要說下去。

「懷抱著懊悔的心情，之前我一直作著這樣的夢，想跟高慧再去看一次櫻花，即使只有一眼也好，醒來時悲傷不已。沒有一天可以從懊悔的心情中逃脫。」

一芳姊姊妳真的很過分。

「所以對不起了彤彤，原諒我的任性吧。」

月光下，一芳姊姊和高慧姊的表情非常溫柔，卻讓人心痛。

為什麼到這種時候還能露出這種令人無法苛責的表情？

為什麼要露出這種讓人知道無力挽回局面的表情？

「彤彤。」

旁邊的高慧姊輕聲地說道。

「對不起，讓妳傷心了。」

為什麼要用那種困擾的口氣說話？

為什麼緊緊握著的雙手，好像是恐懼下一刻又會被拆散？

……這樣的話，我的立場就根本站不住腳了啊。

走到兩人身邊，尚彤伸出手便輕易地握住了她們的手腕。

可是，即使如此也一點意義都沒有。

一芳姊姊和高慧姊，跟千卉的低體溫不同，觸摸時感受到的是跟人類不相上下的溫度。

不只體溫，言談舉止，眼神與微笑，都跟她們是人類的時候沒有兩樣。

與高慧姊重逢——現在就是一芳姊姊魂牽夢繫的時刻吧！

強烈到甚至離開軀體也想要實現的願望，一芳姊姊對高慧姊就是抱持著這樣深刻的思念。

「這種力量是怎麼來的呢？彤彤妳或許會知道吧？」

一芳姊姊伸出手，幫她擦去臉上的淚痕。

因為一芳姊姊的體溫本來就比尚彤低一點，觸及臉龐的時候感覺仍然是冰冷的。就跟過往的每一次一樣，令人感覺到熟悉又心痛。

為什麼直到這種時候還是這麼溫柔呢？

一芳姊姊外表冷淡嚴肅，實際上卻比任何人都來得體貼、來得細膩。

「我雖然不是很了解，可是一定是因為捨不得你們，被挽留的話就無法放心離去，最後才會讓爸媽睡著。彤彤也是，如果妳也睡著的話，就不會感覺這麼傷心了。」

一芳姊姊說的沒錯，被挽留的話就無法放心離去，這或許就是為什麼昨天她並沒有順利遠走的原因。

如果一芳姊姊在眾人昏迷的時刻遠去，對不知道實情的人們來說，會認為是高慧姊所為吧，如此一來就不會感覺遭受一芳姊姊的背叛。

「無論在什麼情況下發生，妳不在了，我們一樣都會感到傷心和痛苦。」

尚彤倔強地握住兩人的雙手。

一定是體質的關係，才沒有受到影響。這種事情根本搞不清楚，也沒有任何地方可以查證。

因為這個體質而能夠站在這裡，得以了解高慧姊來訪的真相，尚彤自己也不知道到底是幸運還是不幸，然而這意味著只有她能夠阻止一芳姊姊離開，這件事本身是沒有任何疑問的。

「一芳姊姊大概不知道，我的力量比較強，只要我願意的話，妳就沒辦法跟高慧姊離開。」

「妳就是獨裁的地方也跟我很像呢……」

「說我獨裁也好，孩子氣也好，說我不擇手段或者霸道都沒有關係，求求妳不要就這樣走了。」

「彤彤。」

一芳姊姊輕輕覆住尚彤的手。

尚彤於是抬起頭，對上了一芳姊姊的視線。

「我今天不走，明天也是會走的吧。」

「不要這樣……」

「我一直在想，為什麼會是九點這個時間呢？」

一芳姊姊露出了微笑說道。

那是一芳姊姊剛晉升主管時的事情，因為關係密切的客戶公司惡意跳票，讓人一連幾個星期焦頭爛額，而高慧姊的買賣生意恰好也進入忙碌階段，一出國門就好幾天，即使住在一個屋子裡也碰不到面，連電話都少有。每一次短暫又匆促的電話結束，一芳姊姊心裡總盤旋著難以言喻的感傷。

公司風波平息以後一芳姊姊的疲勞爆發，在醫院醒來的第一眼，看見的偏偏又是高慧姊的笑臉。

那場病讓一芳姊姊在醫院裡足足躺了一個星期，那段日子，高慧姊原想排開所有工作專心陪病，卻遭到一芳姊姊斥責。高慧姊只好每天先將工作完成，趕著探病時間結束前的九點鐘抵達，送上剛煮好的熱湯作宵夜。即使幾乎無法多聊什麼，受到重視珍愛的感受卻已經盈滿心口。

……一定是希冀著同樣的溫暖，最後才會使得高慧姊在這個時間出現。

「已經知道了以後，就不再需要是九點鐘了吧。」

尚彤聽懂一芳姊姊的意思。

即使一時之間能夠將她留下來，可是卻沒辦法做到時時刻刻照看著她。

之前有過一次高慧姊並不是九點鐘來訪，而是午後時分。

高慧姊離開以後，一芳姊姊的車就進了尚彤家庭院。

那一定是因為當時的一芳姊姊打從心底期望與高慧姊相見。

高慧姊接連數天來訪，所有人都見到高慧姊了、卻只有一芳姊姊怎麼也無法相見，而且在請了假期的時刻還要屏除心之所繫，一早就去處理公務，內心肯定既煩躁又痛苦，亟需高慧姊的寬慰吧。

所以說，高慧姊的到來果然是緊繫於一芳姊姊思念的強烈程度。

「回去吧。」

跟高慧姊同樣再三說著「對不起」，一芳姊姊將尚彤無力的手輕輕拿開了。

人類就算付出再多的感情，最後還是什麼東西也沒辦法留下來。

一芳姊姊和高慧姊一起伸出手，溫柔地撫摸尚彤的肩膀和頭髮。然而，即使是捨不得才出現這樣的舉動，她們還是在那之後斷然背過了身子。

一芳姊姊和高慧姊的身影一下子就消失了。

胸口中的各種情緒橫衝直撞，尚形無法分辨那當中什麼成分多一點。

——有形的東西，有一天會回歸無形。

——有形與無形，這一端和那一端，沒有哪一端比較好，或者比較差。生與滅是接連不斷相生的，就像是雨一樣，落下了以後又會回到大氣之中，反覆循環，沒有停止的一天。這個道理在陳一芳身上也是相通的。

這種道理我知道啦！

可是如果講道理有用的話，世界上還會有這麼多悲傷嗎？還會有這麼多憤怒嗎？千卉，高慧姊，連一芳姊姊也是，為什麼世界上到處都是一些不體諒別人心情的人！始終選擇忍耐的我，簡直就像笨蛋。

「千卉！妳快點出來啦！」

尚形哭著嘶吼。

「我投降了啦！處罰什麼的，想要對我怎麼樣都無所謂，如果可以解決這件事情的話，就快點出來啊！」

滿月照亮了庭院，除了夜風吹撫樹梢的聲音以外，並沒有其他聲響。

尚形緊緊握著拳頭，全身因為高漲緊繃的情緒而渾身發抖。

「為什麼要對我這麼做，妳真的很過分，太過分了！到底要我怎麼辦嘛！」

這真是人生中最惡劣的一個暑假。

……為什麼人類如此無力呢？

「今天是滿月喔。」

身後傳來了聲音。

尚彤將臉轉過去，看見一雙碧綠色的眼睛。

可是，並不是千卉。

「妳為什麼哭？」

嗓音儘管稚嫩卻相當沉著，一襲緞質的珍珠色斗篷包裹著幼小的身軀，飄浮在半空中的女孩看起來只有十歲左右。細緻的五官和清冷的氣質，她像極陶瓷捏塑的中國娃娃。

總是在滿月的夜晚來臨，沉靜來去的，好雨。

尚彤目瞪口呆，直到好雨接著詢問「妳說想解決什麼事情」的時候，她才頓時回過神來。

「請幫幫我！」

不只是狗急跳牆，說是飲鴆止渴、病急亂投醫或者死馬當活馬醫都好。

尚彤像是抓到浮木一樣握住好雨的手。

一芳姊姊並沒有說錯，不擇手段將她一時留住是沒有意義的，可是因此而頹喪的話，就會連最後一絲希望都斷絕了。

「好雨，拜託妳！」

現在唯一能做的就是先留下一芳姊姊。

「現在阻止的話應該還來得及，之後要付出什麼代價我都答應，請帶我去找一芳姊姊！」

「就算妳這麼說，也沒有什麼可以支付的代價吧。」

好雨偏著頭凝視尚彤。

「妳剛才說的好雨，是在叫我嗎？」

「啊，對不起，我擅自……」

儘管擅自幫別人取了綽號有點失禮，但話已經出口，尚彤只好點頭承認。

出乎意料的是，那張陶瓷娃娃似的臉上露出了笑容。

「我喜歡這個名字。」

好雨軟軟小小的手，回握住了尚彤的手掌。

「妳要找剛才離開的那兩個人，對吧？」

尚彤還來不及回答，身子已經跟著騰空起來。

感覺只是一眨眼，尚彤看見好雨的背影已經完全融入深邃的夜色之中，再細看，自己的身周也是一片漆黑。

吹撫到臉上來的風十分冰涼，而腳底下沒有著力之處，就像是游泳課時在池水裡漂浮的感覺。

是跟隨著好雨進入了什麼樣的地方呢？這種問題似乎不要問比較好。

當尚彤再次感受到明亮的月光時，眼前一片開闊。

夜空遼闊，樹林深邃，但是一眼就可以看見熟悉的身影。

「一芳姊姊！」

一度對於追回一芳姊姊這件事感到絕望，因此見到的瞬間就情不自禁地喊了出來。

而因為尚彤的呼喊，前方一芳姊姊和高慧姊的腳步停頓了一拍。

可是，也只是那一拍而已。

她們並沒有停下來，而是繼續以毅然的姿態筆直向前。

「這麼急是想去哪裡？」

好雨咕噥著發問。

有點孩子氣的好雨，或許是比想像中更平易近人的類型。

「……她們想去看櫻花，去阿里山看櫻花。」

「這樣啊。」

好雨說著「可是夏天沒有櫻花喔」，以空出來的那隻手結了法印。

——又是一陣冷風。

因為太突然了，尚彤結實地打了個哆嗦。

好雨，到底是什麼人物？

下一瞬間，尚彤感覺雙腳已經踏到了地面上。

「怎麼會？」

發出聲音的並不是尚彤，而是前方不遠處也停下了腳步的一芳姊姊。

是啊，怎麼會？

尚彤並沒有去過一芳姊姊口中的那片櫻花林，可是，這裡看起來就像她曾經形容的那處所在。

狹小的野徑，夾道的櫻花樹，圍繞在身邊的是滿山遍野的櫻花。

櫻花怎麼會在這個季節開得如此燦爛呢？

夜風輕輕吹撫，櫻花就像細雨一樣地飄落下來。

「妳為什麼吃驚？」

好雨顯得有點困惑。

「不是妳說要看櫻花的嗎？」

「……啊，嗯。」

尚彤掩住了吃驚而張大的嘴巴。

好雨，說不定是比千卉更高等級的神。

好雨的能力，太過於美麗的櫻花，還有因為美景而停下腳步的一芳姊姊和高慧姊，全部都讓尚彤無法言語了。

然而，與尚彤相同，一芳姊姊和高慧姊也沒有發出任何聲音。

在這片如雨的落櫻之下，如果駐足不去的話，可能會被落花所淹沒。但是她們卻站定著不走了。

——不是繡球櫻花，也不是任何地方的櫻花，我們去看當初約定好的，阿里山的櫻花。

留意的話會發現大部分是吉野櫻。

當初她們約定好要看的，或許就是這種櫻花。

夜幕中央，滿月灑落了一片柔和的光澤。

仰著臉注視櫻花的一芳姊姊，溫柔守護在旁的高慧姊。

她們像是一幅畫，像一場夢，前去碰觸的話就會在下一刻破滅。

尚彤凝望著一芳姊姊和高慧姊肩並著肩的身影，因為心痛的緣故而絲毫無法動彈。

隨風飄落的櫻花看起來就像細雨。

花瓣落到臉上時，感覺有點像是溫暖而甜美的淚水。

時間要是可以停在這一刻就好了。

尚彤幾乎是祈禱般的想著。

即使一芳姊姊並沒有說出口，但這一定是她此刻所擁有的心情。

櫻花是這樣的美麗，而與高慧姊交握的雙手肯定也非常溫暖。

要是可以停在這一刻就好了。

月光如水，夜風輕輕地吹撫到臉上來，安靜得讓人能夠聽見清晰的心跳聲。

「……連我自己也不知道為什麼，無法理解這份感情到底是怎麼出現的。」

高慧姊好像有點苦惱，卻又笑起來說道：「可是，從第一次與妳相遇，我對妳的迷戀就一直都沒有改變。或許是因為，即使心靈充滿迷惘，妳卻還是堅韌地活在這個世界上。對我來說，妳耀眼無比，閃閃發亮。」

「高慧……。」

「那幾年，妳就是我的依靠與救贖。」

「……」

「一芳，能夠跟妳一起看到今年的櫻花，我很開心。」

「……拜託，帶我走。」

「我也很希望這麼做。」

儘管高慧姊笑著附和，但那並不意味著認同。

「謝謝妳，一芳。謝謝妳還記得一起看櫻花的約定。」

一芳姊姊試圖摀住耳朵，高慧姊卻只是輕鬆地將她的雙手包握在掌心裡面。

「……即使知道生命是非常短暫的，但是因為天地萬物的美麗耀眼，我的心中還是充滿眷戀。」

「高慧，閉嘴，別說了。」

「對不起，我還是這麼軟弱。」

高慧姊並沒有依言停止，而是進一步借身高優勢，以雙臂環抱一芳姊姊。

「因為妳的美麗我無法離去，可是也因為這份美麗，我不能帶走妳。」

「妳的個性真的很惡劣……」

整張臉蛋埋在高慧姊的懷中，一芳姊姊哽咽的聲音聽起來有點模糊。

「就是因為妳這麼惡劣，我才始終沒辦法坦率起來。」

「是啊，謝謝妳，總是為了我扮演壞人的角色。」高慧姊面帶微笑地說道，「謝謝妳，一直寬容著這樣軟弱又壞心的我。」

「不要再說了。」

「在這個世界上，我也不能沒有妳。我們明明懷抱著相同的心情，卻也無法完全迴避衝突。人類不就是這樣嗎？可是同樣的，即使會吵嘴，有矛盾，我也不能想像沒有妳的時光。」

高慧姊並沒有因為一芳姊姊的阻止而停止話語，「我始終沒有答應妳合夥工作，妳曾經想過我在顧慮流言吧？但是，我並不在意別人的眼光，是我害怕距離太靠近，有一天妳會無法忍受我們之間的摩擦。」

「高慧，妳這個蠢蛋。」

「在我死了以後，還有機會把這些話說出來，太感謝了。」

「快給我閉嘴……」

一芳姊姊為什麼不願意聽下去，沒有任何人提供說明，也沒有任何徵兆，可是尚彤心想，在場所有人一定都浮現跟自己同樣的念頭。

「謝謝妳在我沒辦法給予承諾的時候，一直等候著我，信任著我。」

「拜託，拜託妳別再說了……」

「一芳，謝謝妳一直珍愛著我。」

高慧姊低聲地對一芳姊姊說：「妳把頭抬起來。」而一芳姊姊只是搖頭說：「只要看了妳，我就會退讓。」

很清楚一芳姊姊的罩門，高慧姊笑著說：「那麼就看看天空吧！」當一芳姊姊抬頭的時候，高慧姊輕輕地親吻了她的額頭。

一芳姊姊怔怔地流下眼淚，高慧姊卻露出了微笑。

「到這個時候還能夠與妳相見，我感到非常幸福。」

「我也是，就算妳總是任性妄為，可是，只要妳還在就夠了，只要能夠在一起，我可以付出任何代價。」

「在我離開的時候，妳已經決定會好好的走下去，妳不是這麼說的嗎？」

一芳姊姊抽泣起來，而高慧姊微笑著為她擦去淚水。

「人生總會走到盡頭，可是路上會遇到各種不可預期的事情，所以才會充滿趣味。因為妳的心願我來了，請妳也實現我的心願好嗎？」

「妳的……心願？」

「即使會寂寞，我也希望妳一個人可以把這條路走完。」

高慧姊語氣輕柔地說著，「未來我不在妳身邊的日子裡，妳會繼續與許多美好的事情相遇，認識美好的人們，會再一次感受到幸福的。」

在一芳姊姊的角度或許不會這麼快發現，但是尚彤可以清楚地看見高慧姊的形體正從腳底開始消散。

「……如果可以的話，我希望現在就是世界末日。」

高慧姊笑著這麼說。

可是她在消失，像雨，像淚水，像櫻花一樣，像一場夢，一點一滴的消散著。

「如果可以的話，我想跟妳一起走到生命的盡頭。」

「高慧……」

高慧姊的笑臉溫柔得令人心碎。

「對不起，我沒有辦法陪妳走到最後。」

……時間，要是可以停在這一刻就好了。

在一芳姊姊滴落的眼淚之中，高慧姊的最後一點形體也消散了。

有生就有滅。

萬物到頭總是空。

這種道理只要說過一遍就能夠明白了。

「妳為什麼又哭了？」

身旁的好雨發出聲音，尚彤才意識到自己無法遏止奪眶而出的淚水。

她對著好雨搖頭，但無法言語。

因為想要實現某個願望，所以出現，那麼只要找到生命動力的源頭，也就是真正的願望，圓滿這個願望，也就是說切斷動力來源以後，高慧姊就會消失。

——妳現在想做的事情，就是讓高慧死掉喔。

——有生就有滅，有形的東西，有一天會回歸無形。幫高慧完成未完的心願，然後讓她安心的走吧，高慧也會為此感到幸福的。

——所以小形也不需要為此難過。

那一天，千卉以那雙綠色的眼睛溫柔凝視著尚形，提醒著殘酷之舉的同時是在安慰她。這個世界上，只有千卉能夠瞭解她為什麼會對生命產生這麼多的困惑與感動，只有千卉能夠真正理解她的孤獨。

千卉早就知道她會因為這件事而悲傷疼痛。

……這一次是徹底的結束，高慧姊再也不會回來了。

而使這件事情發生的，就是尚形自己。

由於深深地體認到這個事實，尚形的淚水怎麼也無法停止下來。

夏天滿月的夜晚，置身於櫻花林之中，落花如雨。

那像是一場很長的夢。

尚彤醒過來的時候，發現自己與一芳姊姊、文純姑姑、念中姑丈一起躺在客廳的地板上。

天已經亮了。

那之後發生了什麼事？

尚彤已經想不太起來了。

手錶的錶面顯示已經是星期二的早上八點鐘。

客廳裡的四個人差不多同時甦醒，文純姑姑和念中姑丈第一件事就是去抱住一芳姊姊，緊接著是一連串的問題。

「怎麼天亮了？高慧那件事怎麼樣了？」

「昨天晚上她有來嗎？有說什麼嗎？」

「人沒事吧？沒有發生什麼事情吧？」

「昨天到底發生什麼事情了？為什麼整個晚上的事情都想不起來？」

夾在文純姑姑、念中姑丈中間，一芳姊姊因為父母丟出的問題太多而沒有辦法一一回答。

然而，因為發現尚彤的目光，一芳姊姊對尚彤露出了笑容。

……雖然頂著紅腫的眼睛，但是那是久違了的，尚彤許久沒有看見過的爽朗笑容。

是的，世界的本質是虛無。是永不止息的薛西弗斯的石頭。

花了再多的力氣，這一切都仍然只是水中之月，儘管付出再多感情也無法留住什麼。

可是高慧姊說的也是正確的。

雖然人生總會走到盡頭，路上卻會遇到各種不可預期的事情，所以才會充滿趣味，才能夠對未來繼續抱持希望。

也是在這樣的路上會經歷許多人，許多感情，才會有力量把路走下去。

……那之後發生了什麼事？

高慧姊走了。

一芳姊姊還活著。

好雨，或許會在下一個滿月再度來臨，而到時會被索求什麼代價呢？

那些事情已經無從考量了。

尚彤發現自己的眼睛跟一芳姊姊一樣紅腫，臉上都是乾了的淚痕。

因為懊悔而使高慧姊復返，一芳姊姊曾經說過最好學著坦率地面對自己的感情。

尚彤也對著一芳姊姊露出了笑容。

經過漫長的一夜，來到暑假的第七天。

在透天厝門口送走了一芳姊姊一家三口，尚彤回到二樓。當然，臥室也好，書房也好，沒有看見千卉的身影。

這種事情早就在預料之內了。

尚彤深深一次吐納，從收納櫃裡找出不常用的大型背包，將所能想到的東西全塞進去。

為這種事情失去幹勁的話就輸了。

永不止息的薛西弗斯推石之路，絕望和傷心都無法真正將一個人打敗。

不要小看人類！

尚彤換上不常穿的球鞋，從車庫牽出腳踏車時瞥見手錶，將近十點鐘，已經是游泳課的時間了。

不過，現在並不是顧慮游泳課的時候。

「彤彤。」

尚彤循著聲音看過去。

陽光底下，站在車庫前面的是表情疲倦的尚楹哥哥。

除了氣色有點差，尚楹哥哥平時整潔的襯衫也看起來佈滿皺摺。

「妳特地打電話去湄洲，我覺得不太對勁，後來怎麼也連絡不上妳，想說乾脆回來看看狀況。」

肯定是因為舟車勞頓才顯得疲倦，可是儘管如此，尚楹哥哥臉上還是露出和氣的微笑。

「一芳姊剛才跟我通過電話，幸好沒發生什麼事情。」

尚楹哥哥把手伸過來摸著尚彤的頭。跟千卉、一芳姊姊截然不同，從尚楹哥哥手掌傳過來的是溫暖的體溫。

為了遠親堂妹而變更行程，不遠千里回到台灣，搞得一臉風塵僕僕的模樣，尚楹哥哥真的非常溫柔。

尚彤喜歡這樣的尚楹哥哥。

可是，要是尚楹哥哥在的話就會沒辦法實現願望。

「對不起！」

尚彤跨上了腳踏車。

「尚楹哥哥，因為有很要緊的事情，現在沒有辦法招待你，真的很感謝你專程跑這一趟。」

「咦？」

「事情結束之後我會盡快連絡尚楹哥哥，今天請你先回去休息好嗎？」

再一次致歉之後，尚彤的腳踏車騎出了庭院。

位在矮山腰的尚彤家無論去哪裡都有一段長路。上課期間，尚彤必須騎車到定點等候清晨的第一班校車，花上一個多鐘頭才能抵達市區的學校。暑假游泳也是，必須騎車並轉車到市區上課。

現在沒有等待公車的心情了。

公車的路線也沒辦法配合尚彤。

第一件事情是以提款卡把零用錢全部領出來。

雖然不是當季花期，可是就像免治馬桶與掃地機，現代科技非常方便。野薑花、白薔薇、白玉蘭及洋玉蘭，還有幾乎已經在範圍之外的百合花、白色雛菊與鬱金香，只要多跑幾間花店的話就會發現，包含梔子花、茉莉花、含笑花在內，出乎意料地什麼都買得到。

毫不猶豫地把存了好幾年的零用錢花光，留下自家地址請店家配送，尚彤從最後一間花店走出，已經是日正當中的時分。

可是一點也不餓。

尚彤在腦中攤開地圖，以夏季作為花期的香花植物本身就不多，可是從十二歲那年開始不自覺觀察四周植物的習慣，延續到今天已經整整四年了。

通往學校的校車路線周邊，有一整列的行道樹是白花羊蹄甲。

有一個小型社區公園種植著七里香充當圍籬。

還有距離稍微遠了一點，可是尚彤為了素描而常去的大學校園裡面，夏天會有許多雞蛋花盛開。如果不是因為太高而無法攀得，梧桐樹和白千層此時也是正值花期。

至於桂花，本來就是常見樹種，而且品種多樣，尚彤記憶中種植桂花的十幾處所在，拜氣候亂象所賜，偶爾會有一、兩株在此刻綻放。

甚至是罕見的庭院植物蠟燭木，一起學習游泳的其中一個同學家中也正巧有栽植。

大型肩背包裝滿了香花以後，已經晚霞滿天。

……不要小看人類。

即使汗流浹背，即使狼狽不堪，太長的路途讓雙腳都快要沒有力氣了，屁股和大腿肌肉緊繃又疼痛，可是相較之下，一個人獨自在月光下凝視著野薑花流淚，那種懊悔才真的讓人無法忍受。

連同花店送到家門口的那些花束，尚彤折返了三、四趟才把所有的花運到祖厝後的山林。

第一次跟千卉見面，就是在這裡。

四年前千卉不告而別以後，尚形鐵了心不再踏進此處一步。

——小形可不要擅自忘記我了。

到底是誰先忘記誰了啊？

——我很喜歡妳，只要妳需要我，我就會來找妳。

會跟妖怪作約定的人，肯定都是頭殼壞得很徹底。

要給予稱呼的話就是笨蛋。

將所有花朵仔細整齊地在山林裡的泥土地上鋪開，看起來就像是一片花毯，山坡高高低低的延綿開來將近有半個籃球場大小。

尚形心想，可是此刻還會對千卉抱一線期望的自己，又該怎麼稱呼呢？

沒有學習能力，以形容詞來說的話是愚蠢。名詞的話或許可以稱為蠢蛋。

然後千卉是騙子。

跟騙子在一起的話，蠢蛋被騙也是沒有辦法的事。

——我會一輩子陪在妳身邊。

尚形還是深深地記得千卉當初的這個諾言。

天已經黑了。

農曆十六日，月亮圓滿無瑕。

體力已經在透支的邊緣，尚彤隨地坐了下來。

手錶上的秒針發出聲音並且一格一格地前進著。

十二歲那一年如果做這樣的努力，千卉會回來嗎？

不知道。也沒有辦法確認。

可是，既然答應了要陪伴一輩子，就不應該說走就走啊。

月光照亮了一地的白色花朵。

感覺上就像當年悲慘的場景再現。

……但是這次我絕對不會哭的。

抱緊膝蓋用盡全力忍耐著，尚彤把臉埋進了臂彎之中。

——我會一輩子陪在妳身邊，所以不要難過了。

可惡。

讓我想哭的人明明就是妳。

就在拚命忍耐著眼淚的時候，身周濃烈的花香裡，有一絲清冽的桂花香氣鑽進肺腑。

「什麼嘛——」

又是那樣柔軟、輕鬆而且含著笑意的聲音。

尚彤猛然抬起了頭。

穿著跟自己相同的T恤與短褲，連球鞋都相同，千卉坐在尚彤的身前。

「小彤真是愛哭鬼。」

「還、還不是因為妳！」

儘管已經拚命忍耐，但眼淚還是不聽使喚地流下來了。

尚彤手忙腳亂地想將臉上的淚水擦乾。

千卉嘆了一口氣，流露憐惜的目光。

尚彤不由得茫然，彷彿第一次看見她這樣的表情。

「哭成這個樣子，妳不是希望我不要再來了嗎？」

「說什麼鬼話，妳要實現的話，先實現當初的第一個願望啦！」

因為尚彤立刻轉變模樣顯得惡聲惡氣，千卉又笑了起來。

「唔嗯，那是什麼願望，妳不提醒一下，人家不記得喔。」

無論是不是真的忘記了，千卉那種語氣很明顯就是壞心眼。

「而且先說好，不管是什麼願望，實現的先決條件是妳要讓我抱一下，畢竟我早就說過了吧，不認真應接我的下場會很慘的，現在得加倍算利息才行呀。」

「妳的性格為什麼這麼糟糕，根本就是無賴！流氓！惡霸！」

儘管尚形說了這樣的話，可是千卉綠色眼睛裡的笑意卻加深了。

……心裡，有很多問題想要問千卉。

為什麼當初要丟下我一個人？

為什麼不遵守承諾？

我的存在，對妳來說有任何意義嗎？

可是這些問題在此刻一點也不重要了。

在千卉微笑著張開雙臂的時候，尚形像小孩子一樣毫無保留地投入了千卉的懷裡。

明明身體接觸到的是這麼冰冷的溫度，胸口深處卻溫暖得讓人想哭。

有一天所有的東西都會消失。

有形的總會歸於無形。

……有一天我一定會死去。

可是在那之前，拜託妳一輩子留在我身邊。

尾聲、撈月之人

——高慧姊的鬼魂，生命動力的源頭大概是這份對一芳姊姊的眷戀。千卉的話，是不是就是山林草木的靈氣呢？

當初是這麼想的，然而現實狀況讓尚彤覺得有必要稍微修正這個觀點。

高慧姊的動力來源其實是一芳姊姊對她的思念。

而千卉呢？

儘管也一度想過千卉或許是因為自己渴望一個陪伴的對象而來，可是極力希望千卉前來的心願卻無法順利實現，這一點就說不通了。

千卉是山神。正如千卉所說的，神仙、妖怪、鬼魂、人類種種說法都只是文化意義上的用詞而已。生命能量的來源，決定這個人（或神及其他）的能力。

換句話說，擁有「山神」之名的千卉，姑且不論是不是人稱的土地公或樹王公，她首先可能是山林諸多有靈萬物的依歸，藉此獲得能量，或者在尚彤所不知道的地方，她有個可以寄託靈體，譬如寺廟、岩石、長壽喬木一類的東西，從而接受了人類給予的供養與名稱。

無論是基於什麼原因，千卉都無法距離祖厝後方的那片山林太遙遠。

尚形想，為什麼過去她從來沒認真思考過這個問題呢？

「小彤根本沒必要想這麼多嘛！」

「如果是山神的話，妳的本領也太差了，不能怪我這樣想吧？」

「妳好過分！」

「要誇口說是山神，擁有強大力量的好雨還比較像耶。」

好雨的體溫也很低，眼睛跟千卉同樣是綠色的，也是人類的形態，然而並不像千卉一樣總是在半透明狀態，而且以能力來說，好雨能夠做到帶著眾人去阿里山，並且使櫻花盛開。

「因為，神佛是屬地主義嘛。」

千卉以嬌柔的嗓音說。

「妳口中所說的好雨，神格比我高喔，能力比較強也是正常的，而且中央山脈西側是她的領地沒有錯。」

人類當中也會有比較幹練或強悍的類型，好雨就是比千卉來得要更加高等的山神。

不解釋的話大概無法理解吧。

簡單來說，屬靈世界對領域的劃分方式跟人類社會也是很相似的，就好像人類和哺乳類動物在權力關係的分配上並沒有非常大的差異。

在某個領域獲得能量的來源而成長，最後成為控制該領域的領袖，雖然在表面的運作上不盡相同，可是本質與邏輯是一樣的。

「只要離開我的領地，就沒辦法做什麼事情，舉例來說，一個國家的政府無法在另外一個國家頒布法令，這是同樣的道理。」

經過說明以後尚彤確實比較理解狀況了，不過從千卉的口中聽見「屬地主義」、「屬靈世界」、「邏輯」和「政府法令」之類的名詞，還是讓人覺得一陣頭昏。

……妖魔鬼怪的世界跟人類一樣複雜啊。

「撇開這些先不提，如果好雨沒來幫忙，一芳姊姊到底會怎麼樣？」

光靠這點訊息，尚彤實在無法預測千卉最早是打算怎麼處理這件事。

「妳一直胸有成竹的樣子，但妳不可能帶一芳姊姊他們去阿里山，也就是說除此之外還有解決的辦法吧！」

「所以說小彤還很天真。」

千卉笑咪咪地說道。

「但凡複雜的問題，就不會只有一個答案，這不是淺顯易懂的道理嗎？」

「千卉，拜託妳不要再拐彎子說話了。」

「如果是平平或蕙蕙，肯定很早就明白癥結不是高慧，而是陳一芳。只要讓陳一芳得到安慰，說不定高慧連走進大門的機會都沒有。」

……原來如此。

尚彤終於有點明白了。

爸爸媽媽他們工作中所處理的不只是死者的事情，而是包含生者的情感。

就像喪禮一樣。

除了讓死者明瞭俗世之事已經完結，更重要的是讓生者在其中體悟已經底定的人事變遷，透過盡哀而得到安慰。少數無法藉此盡哀的人如一芳姊姊，就需要爸爸媽媽這樣的人來進行撫慰。

「……可是，妳要怎麼讓一芳姊姊得到安慰？」

「妳在說什麼傻話？」

千卉露出了非常甜美而且看起來閃閃發亮的笑容。

「人家可是神喔，在自家的地盤上，區區人類五年、十年的記憶，要抹除掉根本是輕而易舉。」

「咦？」

「只要陳一芳忘記高慧的話就沒事了，這就叫做釜底抽薪。」

尚彤看著千卉驕傲的表情，忽然覺得太陽穴好像在跳，血液全部湧到臉上。

「幫高慧姊完成心願，讓她得以感到幸福的離開，不久之前不就是從妳這張嘴巴裡說出來的嗎？妳倒是告訴我，這種做法要怎麼讓高慧姊得到幸福！」

「哎呀！」

「哎呀個鬼！」

「隨便說說的嘛。」

「妳居然是隨便說說的！」

就算尚彤大發雷霆，千卉也一點都不受影響。

「而且，陳一芳既然有著跟小彤相近的血緣，說不定可以很輕鬆地抹除二十年左右的記憶呢！」

五年、十年不夠，還二十年！

「二十年的記憶都被抹除掉的話，人生不就少了四分之一！妳不是妖怪而是笨蛋吧！」

擅自抹除別人的美好記憶，這算什麼不近人情的解決方法？

「唔嗚，對了，人類活不了多久呢。」

「妳這個笨蛋妖怪居然現在才意識到這件事——」

尚彤正想要大大發作一通脾氣，千卉卻將視線直直地對過來，頓時令後半段的話語全數消失在嘴裡。

十六夜的月亮光華下，千卉綠色的眼睛非常純潔，非常美麗。

也許還有點無奈的笑意。

「哎呀，小彤也是，可能哪一天我睡醒就不見了。」

「妳一覺是想要睡多久……」

「真的是呢。」

千卉笑著伸出手指撫過尚彤的臉頰。

「雖然說有生就有滅，可是……人類的壽命還真是短暫啊。」

尚彤沉默下來，任由千卉的手指滑過自己的肌膚。

「有一天這個軀體會腐朽，然後進入生滅的循環……這一切，會在一轉眼的時間之內發生吧。」

千卉的手指冰冷得像屍體一樣。

……啊啊。

真的只是睡了一覺嗎？

因為太荒謬了，尚彤幾乎以為自己會笑出來，但實際上卻是咽喉發酸。

或許就是這樣吧。一覺睡了四年，在神佛妖怪來說並不是稀奇的事情。

身為人類，短暫的生命一定在某一天就被千卉錯過，這種事情真的必須先做好心理準備。

——我會一輩子陪在妳身邊。

那也必須以千卉的立場來理解所謂的陪伴吧。

或許是體悟到這件事，才會好像有哪裡的門扉被輕輕敲開似的，腦海中閃過許多畫面。

總是穿著與尚彤同樣裝束的千卉。

對於爽約毫無反省、還口口聲聲邀功的千卉。

在那個午後下著雨昏暗的和室裡，身影淡薄透明到幾乎看不見的千卉。

等等，等一下。

尚彤心想，為什麼過去她從來沒認真思考過這個問題呢？

——祖厝後面有一大片山林，所以千卉才會來到這裡活動。離開山林太遠，她就會失去力量。

——因此到游泳池時就算把項鍊拿下來也不怕千卉前來糾纏。因此一定要考到好大學離開這個家。

她明明那樣理所當然地瞭解千卉能力的限制，怎麼卻從來沒有對千卉出現在一芳姊姊家而感到疑惑？

明明是沒有辦法長久遠離祖厝那片山林的千卉啊！

七月一日，暑假的第一天，千卉穿著尚彤國中時代的夏季制服。游泳課將項鍊拿起來，卻沒有遭到任何路邊野鬼的糾纏。

童年剛去寄居一芳姊姊家時，經常受到鬼怪騷擾而反覆發燒，直到千卉陪伴在身邊才從此不為發燒所苦。

尚彤混亂卻快速地想著。

先是七歲，然後十歲，最後一次是十二歲，千卉三度沒有知會就擅自離開。

七歲的某一天，她睡醒時發現身旁有陌生的女孩。那是媽媽沒有及時超渡的一個女孩的靈魂碎片，似乎是與年齡相近的尚彤頻率相合而能夠留下，尚彤卻因此斷斷續續發燒了兩個星期。陡然退燒以後，女孩，還有千卉，都不見了。

十歲，她在一芳姊姊家住了三個月。第一個月她總是在發燒，直到某一個哭著睡去的夜晚，千卉來到身邊幫她擦去眼淚。之後回到家，就是千卉第二次的無預警消失。

十二歲，她不曾或忘千卉消失始於她國中開學的第一天。十六歲暑假第一天卻看見千卉穿著理應是四年前她們未真正對照過的學生制服。

——無論是小彤、我，或者高慧，本質都是一樣的。神仙、妖怪、鬼魂、人類種種說法都只是文化意義，靈魂是我們獲取生命動力的核心器官。

說著這番話語的千卉，也有她的命限。令千卉存在的能量是有極限的。

所以，一定是在尚彤不知道的某時某地，千卉為她做過這樣或那樣的許多事情吧。然後，沒有足夠能量而隱遁回深深的夢鄉了。

原來事情的真相是這樣嗎……？

如果開口詢問，譬如「妳是因為我才導致能量消耗殆盡嗎」、「妳穿著我國中制服代表妳那天跟著我去開學了對吧」或者「開學那天我本來會遇到什麼壞事而妳幫我解決了是嗎」之類的問題，千卉到底會不會回答呢？

「小彤在想什麼嗎？表情好豐富呢！」

原本是溫柔撫摸著尚彤臉頰的手指，隨著千卉揚起壞壞的笑容，改為捏著柔軟的臉頰肉。

尚彤沒有抱怨，也沒有揮開她的手。

「妳以前蒐過的那記話還算不算速？」

「唔嗯——？」

並不是因為臉頰扭曲導致言語不清而聽不懂，而是過去與尚彤度過的日子裡說過許多各種各樣的話吧，千卉這次真的露出了困惑的表情。

尚彤嘆氣，把那雙冰冷如屍體的手握到手掌心裡。

「我現在才知道，原來千卉妳不是騙子而是蠢蛋呢。」

「什麼！太過分了，根本沒有任何線索叫人家怎麼回想嘛！」

……真是對不起啊。

當我短暫的生命結束以後，妳還有漫長的生命必須延續。

因為生命漫長而終究會被拋棄的，其實是千卉才對。

尚彤注視著千卉氣嘟嘟瞇起的那雙綠色眼睛。

像是一千種植物組合在一起的顏色，深深淺淺的綠色流光一定是從久遠以前就存在的光采。

一直以來，千卉曾經與哪些人相遇，又被哪些人所拋棄呢？

或者，漫長的時光裡，總是獨自一個人在森林深處假寐，像一株最古老的樹，偶爾因為人類的嘻笑聲睜開眼睛，然後又獨自睡去吧。

「千卉，以後我也會一輩子陪在妳身邊。」

爸爸媽媽在暑假的第八天回來了。

要到那個時候尚彤才知道，爸爸媽媽大約在四年前，便已經清楚發現她和千卉有著明確的能量連結。

除了山林以外，尚彤也是千卉生命能量的一部分來源。

正因為如此，也難怪媽媽會對千卉的存在而感到放心吧？

儘管如此，爸爸媽媽在日本的期間，起初因千卉在家而放心，發現怎麼也無法連絡上尚彤的當下，便決定提早結束工作，以最快的速度折返台灣。

尚彤才剛剛覺得爸爸媽媽還算擁有一般常識，但隨後說明一芳姊姊和高慧姊的事情以後，他們卻笑著說，「說不定應該讓妳學著接這邊的工作了。」使得尚彤只能苦笑以對。

「業餘靈媒」的工作到底如何了並不重要。

尚彤重新翻開尚楹哥哥一個星期以前送返的老舊筆記本，裡頭仍然夾著那張高慧姊幾年前送給尚彤的鉛筆素描畫。

十歲那年為什麼會把那張紙收藏在阿公的筆記本裡面？

儘管還很年幼，可是阿公曾經抱著尚彤告訴她許多故事。關於神，關於鬼，關於另外一個世界的人們的許多故事。

夾著畫紙的那一頁，標題是「水中之月」。

——如果說人世就像月亮，那麼對人類來說，鬼怪的世界就是水中之月。

阿公透過筆墨在記錄著這些水中之月。

筆記本以樸素的暗藍色書皮包裹著，老舊封面上的字跡模糊，仔細辨認的話就會發現上面以毛筆題著四個字：撈月劄記。

美麗的事物如夢，如雨，如水中之月，人類能夠做的事情就是以筆墨撈月。必須到已經體會許多事情的此時此刻，尚彤才依稀理解阿公筆記本的內側以小楷文字寫就、或許是自嘲般的署名。

撈月之人。

尚彤心想，一定是繼承了林家奇怪血緣和悲慘命運才會看見這些事物。

可是同樣的，一定也是繼承了阿公那種浪漫情懷吧，所以未來的尚彤也只能成為下一個撈月之人。

真是太倒楣了啊。

儘管這樣想著，可是屬於尚彤的撈月劄記，第一篇已經完成了。

雨櫻花。

那是一芳姊姊與高慧姊的故事。

國家圖書館出版品預行編目（CIP）資料

撈月之人 / 楊双子著. -- 初版. -- 臺北市：奇異果文創, 2016.05
208 面；14.8×21 公分. --（說故事；7）
ISBN 978-986-92720-3-2（平裝）

857.7　　105006351

說故事
007

撈月之人

作　　者　楊双子
封面插畫　金芸萱
美術設計　蘇品銓

總 編 輯　廖之韻
創意總監　劉定綱

法律顧問　林傳哲律師　昱昌律師事務所

出　　版　奇異果文創事業有限公司
地　　址　臺北市大安區羅斯福路三段 193 號 7 樓
電　　話　(02) 23684068
傳　　真　(02) 23685303
網　　址　https://www.facebook.com/kiwifruitstudio
電子信箱　yun2305@ms61.hinet.net

總 經 銷　紅螞蟻圖書有限公司
地　　址　臺北市內湖區舊宗路二段 121 巷 19 號
電　　話　(02) 27953656
傳　　真　(02) 27954100
網　　址　http://www.e-redant.com

印　　刷　永光彩色印刷股份有限公司
地　　址　新北市中和區建三路 9 號
電　　話　(02) 22237072

初　　版　2016 年 5 月 7 日
I S B N　978-986-92720-3-2
定　　價　新臺幣 280 元